ベリーズ文庫

働きすぎのお人よし聖女ですが、無口な辺境伯に嫁いだらまさかの溺愛が待っていました

～なぜか過保護なもふもふにも守られています～

坂野真夢

STARTS
スターツ出版株式会社

目次

働きすぎのお人よし聖女ですが、無口な辺境伯に嫁いだらまさかの溺愛が待っていました～なぜか過保護なもふもふにも守られています～

神の声を聞ける聖女
ブランシュ
エグザグラム国にいる7人の聖女のうち最年少の格下聖女。お人よしで苦労性な自分を変えたいと思っている。そんな中、神の一声でオレールとの結婚が決まって…。
無口な辺境伯
オレール
ダヤン辺境伯家の次男。元は騎士団の副団長だったが、諸事情で新領主になるため帰郷することに。無口で見た目が怖いので誤解されがちだが、不器用なだけで優しく真面目な性格。
謎の白猫
ルネ
神殿に住みついていた野良猫。なぜか突然ブランシュだけが会話できるようになり…!?
Character introduction

働きすぎのお人よし聖女ですが、無口な辺境伯に嫁いだら

溺愛が待っていました

なぜか過保護なもふもふにも守られています

●エグザグラム国の唯一神● リュシアン神

この世界の神。現在は水晶に宿るとされているが、実は元々は魔獣だった。
魔素を使って、国中の情報を得ることができる。

●オレールの側近● レジス

ダヤン辺境伯家の使用人の息子で、ダミアンやオレールとは幼馴染。
オレール帰郷後、側近として支えてくれる存在になる。

●オレールの兄● ダミアン

ダヤン辺境伯家の長男。昔は神童と言われるくらい賢かったが、
困難にぶつかるとすぐ逃げる性格で放蕩家。

●ブランシュの侍女● マリーズ

メイド長の娘で、幼少期からダヤン家の屋敷で暮らしている。
突然嫁いできたブランシュの侍女に任命されることに。

働きすぎのお人よし聖女ですが、無口な辺境伯に嫁いだらまさかの溺愛が待っていました

〜なぜか過保護なもふもふにも守られています〜

プロローグ

リシュアン神をあがめる神聖国エグザグラムには、七人の聖女がいる。

彼女たちは、王都にある中央神殿で暮らし、日々神に祈りをささげ、神の言葉を民に伝えることを生涯の喜びとして生きているのだ。

「にゃあ」

「あら？　また入り込んでいるのね？　猫ちゃん」

真っ白のふわふわした長い毛を持つ猫を、礼拝堂にいた最年少の聖女が抱き上げる。

ブランシュ・アルベール、十八歳。薄紫の長い髪をふたつに分けて緩く結んだ、琥珀色（こはくいろ）の瞳を持つ美少女である。

彼女の長い髪に、前足を絡ませて遊ぼうとするこの白猫は、神殿に住み着いている半野良だ。

ブランシュが、世話をしようと思って部屋に連れていっても、猫はかまわれるのが迷惑なのか、いつの間にか部屋を抜け出してしまう。そのくせ、気が向いた時だけは、こうしてブランシュに抱きついてくるのだ。

（四年間、ずっとそんな調子だものね）

いろいろな名前で呼んでみたが、姿を見せなくなるところを見ると、気に入らないのだろう。やがて、名づけをすることはあきらめた。

「にゃあ」

「どうしたの？」

今日の白猫は、妙に物言いたげにブランシュを見つめてくる。

《なんかおかしいな》

どこからか声が響いて、ブランシュはきょろきょろとあたりを見る。しかし、今礼拝堂にいるのは、ブランシュと猫だけだ。

やがて、礼拝堂の外から硬質な足音が響いてきたので、ブランシュの意識はそちらに向かう。奥にある扉を開けたのは、第六聖女であるキトリーだ。

「ブランシュ、ここにいたのね。ドロテ様がお呼びよ。『水晶の間』に来て」

「は、はい！」

ブランシュは慌てて白猫を離す。猫は「にゃあん」と鳴いて、椅子の下に隠れてしまった。

キトリーの表情は神妙だ。なにか悪いことでもあったのかと不安になる。

足早に廊下を歩きながら、ブランシュはキトリーに問いかけた。

「キトリー様、なにかあったのですか？」

「ドロテ様が、神託の兆しを感じたそうなの」

エグザグラム国には、リシュアンという名の神がいる。偶像でも、妄想でもない。

聖女であるブランシュには、リシュアン神の声がたしかに聞こえるのだ。

同じように神の声を聞くことのできる聖女が、ブランシュのほかに六人いる。

〝七人の聖女が同時に神の声を聞き、その内容に相違がなければ、神託として世に広める〟というのが、中央神殿の大きな役割のひとつであった。

「お待たせしました、ドロテ様。ブランシュを連れてきました」

キトリーと共に入ったのは、水晶の間と呼ばれる六角形の部屋だ。中央に背丈ほどもある大水晶が安置されていて、それを囲むように床に紋章が七つ描かれている。これは、七人の聖女が同時に祈りをささげる時の立ち位置を示したものだ。

天井や壁には、この国の創生神話が描かれている。美しい青年姿のリシュアン神が、ローブをまとった建国の賢者ルネに加護を与える場面、ルネが、禍々（まがまが）しさを漂わせる六つの尻尾を持つライオンに似た魔獣を倒す場面、そして、ルネがリシュアン神から水晶をいただく場面などだ。

「ブランシュ、位置に着きなさい。神託を受けます」

「はい」

ドロテに促され、ブランシュは自分の紋章の位置に立つ。

「それでは、リシュアン神より神託をいただきます」

ドロテは五十三歳の筆頭聖女だ。目鼻立ちがくっきりしていて、瞳も綺麗な青なので、若い時はさぞ美しかったのだろうと思わせるが、痩せぎすで、その分皺が目立つ。やや色あせた金髪も年齢を感じさせた。

ドロテが先唱し、神へささげる聖句の最初の一文を読んだ。残る六聖女が順にその後を読み上げていく。聖句をささげることによって聖力を送っているのだ。

やがて、水晶はその中に虹色を宿し始め、眩しいくらいに光る。同時に、リシュアンの声が、七聖女の頭の中に流れ込んできた。

《聖女ブランシュ、暮れの土地の辺境伯と結婚せよ》

ブランシュは目を見開く。一瞬思考が止まった。

「……え？」

今、神託に自分の名が出てきたのは聞き間違いではないのだろうか。

顔を上げれば、ほかの聖女は皆、ブランシュに注目している。ブランシュは焦り、心臓がバクバクする。

「あ、あの」

「聞こえましたわ。『聖女……辺境……結婚』ですわね」

　第三聖女が、おずおずと口を開く。神の声の明瞭さは、受け取る聖女側の聖力量によって変わる。ブランシュのようにちゃんと文章となって聞こえる聖女もいれば、片言のような言葉だけを拾い上げる聖女もいた。

「わたくしも。『ブランシュ。結婚』と」

「私には『暮れの土地の辺境伯と結婚』と聞こえましたわ」

　どの聖女も、結婚という言葉を口にする。どうやらブランシュの聞き間違いではないらしい。

「ブランシュ、あなたにはどう聞こえましたか？」

　ドロテに促され、ブランシュはドギマギしながら答える。

「え、えっと。『聖女ブランシュ、暮れの土地の辺境伯と結婚せよ』と」

　若干声が震える。だって、信じられないのだ。そもそも聖女と認定されれば、一生神に仕えなければならない。ここにいるほかの六聖女は、総じて独身であり、結婚なんてとんでもないと言われているのだから。

水晶の間が一瞬静まる。全員が複雑な思いをかかえているのは明白で、とりわけブランシュ本人が一番動揺していた。

（ど、どうして私が。しかも結婚？　そりゃ結婚したいって夢は持っていたけど。叶うなんて思ってもいなかったのに）

「……どうやら、リシュアン神はブランシュに結婚するようにと仰せのようですわ」

沈黙を破ったのはドロテだ。

「でも、聖女が結婚なんて前代未聞です」

「それでも、神託です。無視するわけにはいかないのでは？」

「そうね。神の采配ですもの」

戸惑いがちに交わされるほかの聖女の声を、ブランシュは呆然としながら聞く。そのうちに、残る聖女たちは神託をまとめてしまった。

「では決定ですね。神託は、『聖女ブランシュ・アルベール、暮れの土地の辺境伯と結婚せよ』というものです。神殿はこれを、国王陛下へ進言いたします」

ドロテがうやうやしく告げた。

「よろしいですね。ブランシュ」

六聖女の視線が、ブランシュに注がれる。

「は、……はい」

辺境伯家は六つあり、暮れの土地――すなわち、日が暮れる西側の土地というのは二ヵ所ほど考えられる。

（……いったい相手は誰なの？　どんな人かもわからないのに結婚なんて）

それでも、神託で決められてしまえば拒否権はない。ブランシュは戸惑ったまま、ただ頷いた。

始まりは前世の記憶から

「呼ぶまで、あなたは自室で待機していなさい」

ドロテにそう言われ、ブランシュは呆然としたまま自室に向かっていた。

中央神殿はかなり広く、そこには様々な施設がある。本来、神殿の意味を持つのは、神を祀っている水晶の間とその外郭部のみであり、礼拝堂や懺悔室、応接室、聖女や神殿関係者の私室、そして旅人を迎える客間など、普段から頻繁に人が出入りするスペースは教会エリアと呼ばれていた。神殿と教会エリアの間には少し距離があるため、移動には時間がかかる。

（結婚せよだなんて、どうしてそんな神託が……。もしかして、あのことが関係しているのかしら）

実は三日前、ブランシュは転んだ拍子に頭を打って、気を失った。その間に、ある夢を見て、さらに不思議な体験をしたのだった――。

咲良は、肩まである黒髪をひとつに束ねただけのさえない見た目の三十歳。田舎町にある人気ジビエ料理店で、見習い料理人として働いていた。

清掃から下ごしらえ、閉店後の片づけまでと朝から晩まで忙しく、いつも寝不足で、目の下はクマだらけだった。それでもお店にいる時は、化粧でクマを隠して元気そうに見せていた。好きな人に、少しでもかわいい姿を見てほしかったから。

店のオーナーの甥で、近くの電気量販店の営業をしている、宏斗さん。

毎日、ランチタイムの片づけが一段落する頃にやって来て、休憩に入る咲良と一緒に昼食を取ってくれた。

『一人前の料理人になって、いつか自分の店を持ちたいの』

咲良が、ずっと胸に温めていた夢を教えると、彼は応援するよと言ってくれた。

『俺は、無難にサラリーマンを選んじゃったから、夢を追う人って素敵だと思うよ』

同い年で話しやすい彼がその言葉をくれた時、咲良は恋に落ちたのだ。

しかし、その恋が叶うことはなかった。

『咲良さん、私、この後抜けられない用事が入っちゃってぇ。片づけ当番、代わってもらえますか？』

同じく見習い料理人だった美空は、後片づけや下ごしらえといった目立たない仕事をよく咲良に押しつけてきた。

そして咲良は、言い返せるような性格ではなかった。

不満をのみ込んで、今回だけだよ』

『仕方ないね、今回だけだよ』

不満をのみ込んで、余分な仕事を引き受ける。その後で宏斗に誘われることがあっても、断るしかない。

そんなふうに咲良が忙しくしているうちに、美空は宏斗に近づいていたらしい。

以前は、店に来るとすぐ咲良に話しかけてくれた彼は、いつしか美空とばかり話すようになった。もともと美空は美人で快活だ。積極的にアプローチされれば、男の人は簡単に恋に落ちるのだろう。

(結局、美空と宏斗さんが付き合ったんだよね……)

苦い失恋を忘れようと、咲良は自分の体の悲鳴を無視して仕事に打ち込んだ。

それから半年ほど経ったある日、咲良は美空から招待状を手渡された。

『……結婚式?』

『そう。咲良さんも来てくれるよね? 私たち、友達だもんねぇ?』

ショックだった。まさか、ふたりの関係がそんなに進んでいたなんて。

思い悩み、夜も眠れぬ日々が続いた。そこに過労が追い打ちをかけ、ある日ついに、咲良は倒れてしまった。

（結婚……私だって、夢見てた。いつか宏斗さんと……なんて）

最期に思い描いた、自分と宏斗の結婚式。そのまま咲良は、意識を失う。まだ三十の身空で、夢も恋も叶えられないまま、咲良の人生は終わった——。

意識が戻った時、ブランシュは泣いていた。

（夢だったの？　……なんて悲しい最期）

見知らぬ世界、見知らぬ人物。だけどどこか懐かしく、そして痛いほどに伝わってくる咲良の感情。

（なんだかシンクロする。私と……咲良。同じ……そう、同じよ）

ブランシュが夢の中の咲良と自身を重ね合わせた瞬間、これまでなかったはずの思い出が走馬灯のように脳裏に浮かんだ。その直後、膨大な量の咲良としての記憶が、一気に頭の中に湧き上がってきたのだ。

ブランシュは、それが自分の前世なのだと理解した。

（前世を思い出すなんて、聞いたことがないわ。どうしてかしら。こんなに悲しい思いをしたから、今世でこそ夢を叶えたいってこと？）

でも、今のブランシュは料理人でもなければ、結婚もできない立場だ。聖女になる前ならまだしも、今頃思い出したところで前世の無念を晴らすことはできない。

（……いや、もしかして、これは教訓なのかしら。咲良みたいに、言いたいことも言えずに、人の仕事を肩代わりばかりしていると、悲しい最期を迎えるっていう……）

ブランシュもまた、咲良と同じお人よしの部類の人間だ。下っ端だからということもあるが、よくドロテやほかの聖女から仕事を押しつけられる。

ぶるりと身震いがした。

（どんなに「いい人」と言われたところで、後悔まみれで死ぬのならば意味がないわ。……変わりたい。私も、人に振り回されるんじゃなくて、自分の夢をちゃんと叶えたい！）

心機一転！と意気込んで考えてみるも、十四歳から中央神殿にいるブランシュには、自分の夢どころか、やりたいことがなんなのかさえわからない。

だが、逆に考えれば、世の中を知りさえすれば、自分の一生をかけてもいいと思えることを見つけられるはずだ。

そのために、中央神殿から出て、世俗と触れ合いたい……というところまで考え、ブランシュは途方に暮れる。

（でもそれ、聖女の私には、絶対に無理……）

結局、その日、堂々巡りのまま答えは出なかった。

翌朝、ブランシュは、水晶の間の掃除中、思わず神に祈ってしまった。

「もし叶うのなら、中央神殿から出て、いろいろなものを見聞きしたいです」

もちろん、叶えてもらえるなんて思っていない。悩み疲れて、神にすがりたくなっただけだ。

――ブランシュは、自身の願いを神に祈ったことを思い返したところで、立ち止まる。

「嘘でしょ？　……あの願いを、リシュアン様が聞いてくれたってこと？　でも、結婚したいって意味じゃなかったのに！」

一瞬そう思ったものの、個人の願いを聞いて、リシュアンが神託を出すことなどあり得ない。神託は、国の危機や、人の生死にかかわることにしか出されないのだ。だとすれば、今回の神託はどういうことなのだろう。

（神託だもの、なにかしらの意味はあるはずよ）

「この結婚が、国の繁栄につながる……とか？」

《そうだよ》

「ん？」

少年っぽさを感じさせる声が聞こえて、ブランシュはあたりを見回した。けれど、廊下には誰もいない。

「みゃあ」

「あら？　白猫ちゃん、いつの間に」

神出鬼没な白猫を抱き上げると、猫は再びブランシュをじっと見た。

《やっぱり、聞こえているんじゃないの？》

先ほどと同じ声だ。どこか楽しんでいるような響きがある。だけど、周囲にはやはり誰もいない。

「みゃあみゃ」

白猫が、ブランシュの服を爪でひっかいた。

「あっ、駄目よ。」

《どうして？》

「破れちゃうじゃない……って、……え？」

「みゃあ」

金色の瞳と目が合う。信じられない。だけど、意思を持って見つめてくる瞳は、ブランシュの想像を肯定していた。

「……嘘でしょ？　あなたなの？」
《そうだよ。すごいや、ブランシュ。僕の声が聞こえるようになったんだね？》
まさかの会話が成立してしまった。あまりの驚きに、ブランシュは声も出ない。
《ねぇ、ブランシュの記憶、おもしろいね》
「記憶……？　え、嘘。もしかして、私の記憶を覗けるの？」
《うん。この間から、突然変わった記憶が見えるようになったから、気になっていたんだ》
白猫の言っているのは、突然思い出した前世の記憶のことだろう。
（かわいい猫って思っていたのに。まさか化け猫……？）
《化け猫っていうか、べつに猫でもないんだけどね》
「ひえっ」
今度は、心の声に返事をされた。ブランシュは思わず悲鳴をあげてしまう。
「あなたは、何者なの？」
《僕？　僕はルネ》
「ルネ？　建国の賢者様と同じ名前ね」
《そうそれ。僕が建国の賢者》

今、さらりととんでもないことを言われた気がする。

そんなことはあり得ない。建国の賢者が生きていたのは、もう千年も前のことだ。

しかし、あり得ないことなら、もうすでにたくさん起きている。

ブランシュが前世の記憶を取り戻したこともだし、猫の声がわかることもそうだ。

猫の言うことを信じるならば、可能性があるのは……。

「ルネ様の生まれ変わり……ってこと？」

《ううん。違う。本当にルネなんだよ。体はなくしちゃったけどさ》

「なくした？」

《説明すれば長いけどね。聞く？》

猫の尻尾を揺らしながら、ルネがブランシュを見上げる。金色の瞳はお日様のようにキラキラしていて、ブランシュは魔法にでもかけられたような気がしてくる。

「……聞くわ。教えて」

《じゃあ君の部屋でゆっくり話そう》

ルネはブランシュの腕からひょいと下りると、一足飛びにブランシュの部屋の前まで行き、扉に爪を立てた。

「ああ、傷をつけちゃ駄目よ」

するとルネは動きを止め、おとなしくブランシュを待った。

(本当に、この猫がルネ様？　信じられない。でも、実際に目の前にいて、頭の中とはいえ会話ができ、誰にも伝えていない前世の記憶について言いあてたし……)

ブランシュが扉を開けると、ルネはするりと中に入り、ベッドにひょいっと上がって、楽しそうに尻尾を揺らした。

《じゃあまず、ブランシュの知っている建国神話を教えてよ》

「建国神話？　ルネだって知っているんじゃないの？」

《いいから》

「じゃあ……」

ブランシュは、ベッドに腰掛け、水晶の間の壁画を頭に浮かべながら話しだした――。


エグザグラム国が誕生したのは、今から千年前だ。

それまで、この大陸にはアスタリスクというひとつの大国と、いくつかの小国があり、覇権争いが続けられていた。

小国のひとつであるベルデノットは、他の小国をまとめ上げ、諸国連合を結成した。

それにより、大国アスタリスクとの戦力差は大きく縮まったのだ。

さらにベルデノット国の魔術師は、魔の森で暮らしていた六つの尾を持つ魔獣を魔法で縛り、戦闘兵器として利用した。

魔獣は強い魔力を持ち、天候さえも操れた。彼が引き起こした雷と地震で、アスタリスク国の領土はほぼ焦土と化したのだ。

しかし、勝利を目前にして、諸国連合の中で想定外の出来事が起こる。ベルデノット国の魔術師は魔獣を制御しきれなくなり、諸国連合の土地も、暴走する魔獣に破壊されていったのだ。

土地は荒廃し、もはや敵も味方もわからないほど状況は混乱した。

その時立ち上がったのが、焦土となったアスタリスク国から王族を連れて魔の森に逃れていた賢者・ルネだ。

ルネは、魔の森の土地神であるリシュアンの加護を得て、六つの尾を持つ魔獣を倒し、長き戦いに終止符を打ったのだ。

その後ルネは、リシュアン神から神の意思と聖力のこもった水晶を授けられ、大水晶を中央神殿に、六つの小水晶を辺境伯家に安置して、土地を守る結界を張った。その土地を国土として、リシュアンを唯一神としてあがめる神聖国エグザグラムが誕生したのだ。

エグザグラム国の王となったのは、生き残っていたアスタリスク国の王族だったが、国名を『アスタリスク』としなかったのは、生き残ったすべての人間を国民として受け入れ、平等で平和な国を造るためだったといわれている。


「――これが私の知っている、エグザグラム国の歴史よ」

《うん。合っている。聖典の文章、僕が作ったんだよ。でもその話、事実とはちょっと違っているんだ》

ルネは猫の尻尾をくるんとさせて、あっさりと言う。

「違っているって、どういうこと？」

ブランシュは毎日聖典を読んでいるので、建国の歴史については詳しいと自負している。しかし、そもそも聖典が間違っているのでは、どうしようもない。

《知りたい？　知りたいよねぇ》

ルネはもったいぶった様子でブランシュを見上げた。

《まあ、君は僕の声が聞こえるわけだし。せっかくだから本当のことを教えてあげようかなぁ》

ルネはなんだかウキウキしているように見える。

（この子がルネ様だなんて、やっぱり嘘なんじゃない？　建国の賢者様が、こんなに軽い態度なわけないよね？）

ブランシュの疑心を聞き取ったのか、ルネは焦って弁明を始める。

《本当に僕がルネだよ。君は賢者を崇高なものだと思っているのかもしれないけどさ。しょせんは人間だよ？　久しぶりに人と話せれば、浮かれるのだって当然だろ！》

たしかに、聖女としてあがめられているブランシュだって、実際には不平不満もあるただの人間だ。勝手なイメージを相手にあてはめて疑うのは間違っている。

「じゃあ、本当にルネ様なの……ですか？」

《あ、敬語とかはいらないから！　僕、堅苦しいのは嫌いなんだ》

「でも……」

《いいから、今まで通り話して！　……で、話をもとに戻すけど、聖典に書いてある歴史で正しいのは、戦争が起きて、魔獣が兵器として使われたところまでなんだ》

ルネの金色の瞳が、ブランシュを映す。ブランシュはごくりと唾を飲み込んだ。

《魔獣はね。悪者なんかじゃなかった。魔力があるってだけで、本当は心優しい獣なんだ。なのに、ベルデノット国の魔術師に魔法で体を縛られ、意思とは反対に戦わさ

れた。魔獣は、平和を望む気持ちと乖離した自らの行動に、体と心のバランスを失って、魔力を暴走させてしまったんだ》

「それで？」

《大きな魔力の放出に、体の方がもたなかった。肉片が飛び散り、骨も見えていて、体を再生させるのは無理だったんだ。だから、彼の意思だけでも残そうと、僕は封印魔法を使ったんだ。そうしたら、魔獣の魂と六つの尾にたまっていた魔力が、それぞれ水晶化して、しかも、それらを通して彼と意思の疎通を図ることができた。だから僕は水晶を神に見立てることにしたんだ》

「……え？　じゃあ、リシュアン様って……」

《そう、その時に封印された魔獣だよ。リシュアンって、彼のもともとの名前なんだ》

「え、ちょっと、ちょっと待って。じゃあ……」

今まで、ブランシュが神とあがめ、毎日祈りをささげ、神託を授かっては感激していたあの声は、魔獣のものだというのか。

「神様は、本当は魔獣だったってこと？　嘘でしょう？」

《本当だって。もちろん、神としてちゃんとあがめられるように、建国神話はちょっと捏造したけどね。もともと、アスタリスク国にも連合諸国にも、宗教らしい宗教はなかったからさ。新しい信仰はあっさりと受け入れられたんだ》

ルネが軽い調子で言う。

（な、なんて罰当たりなの……！　建国神話を捏造するなんて）

ブランシュは驚きで言葉も出ない。しかし、心の声を聞いたのだろう。ルネは少し神妙な調子になって続けた。

《罰当たりっていうのは失礼じゃない？　……リシュアンはさぁ、最初、世界を滅ぼした自分を責め、死にたいと言っていたんだ。水晶を壊してくれ、ってね。でもさ、そんな優しい心と大量の魔力を持つ生き物が、魔獣であるというだけで悪役として死んでいくなんて、おかしいじゃん。もったいないよ。だから、水晶から助言をして、国の復興に協力してほしいって頼んだんだ》

（助言……そうね。たしかにリシュアン様の神託は、国や人を救うものばかりだわ）

《僕はリシュアンの名を悪役のものとして残したくなかったのさ。だから、神の名前にした。実際にリシュアンは神託で何度も国を救ってきたんだ。神として扱うことのどこに問題がある？》

ルネの言っていることは正しいようにも思える。ただ、今まで信じてきた神が魔獣だったことがショックで、ブランシュはなんと言ったらいいかわからない。
《まだ納得いってない？　この国の守りの結界だって、リシュアンの魔力を使っているんだよ？　リシュアンは結界内——国のすべての動向を把握することができる。だから彼は変事が起きるとすぐに教えてくれるんだ。これって、神の所業だろ？》
それはそうだ。理屈は通っている。なのに、モヤモヤした気持ちが消せない。
《ブランシュは、騙されていたのが嫌だったんだよな。ごめん》
その時、ルネとは違う声が頭に響いてきた。
「誰？」
《俺は、リシュアン》
ブランシュは目を見張る。たしかに、水晶の間で聞く声に似ている。
「で、でも、リシュアン様の声がここで聞こえるはずないわ」
《魔力の強い相手になら、離れていても声は届く。神殿内くらいなら余裕だ。最初にブランシュが俺の声を聞いたのは、水晶の間じゃなく、礼拝堂だったろう？》
たしかにそうだ。ブランシュは、礼拝堂で祈りをささげている時に、神の声を聞いたのだ。
「もし本当にリシュアン様なら、どうして、いつもと話し方が違うのですか？」

いつもはもっと荘厳な話し方をするし、自分のことを『俺』と呼ぶことはなかった気がする。

疑問をそのままぶつければ、ふっと笑ったような声が響く。

《逆だよ。普段の方がつくっている俺なんだ。ルネがそうしろと言うから》

《だって、神がそんな優男みたいに話していたら威厳が出ないだろ。神々しさを感じさせないと舐められるじゃないか。正体が魔獣って知っただけで、聖女でさえ疑ってくるくらいなんだから》

ルネのひと言に、ブランシュの胸が痛む。

「本当に……リシュアン様は魔獣なんですか？」

《ああ。信じたくないなら信じなくてもいいさ。どうせ体はもうないから。……俺は、操られたとはいえ、自分がこの土地を焦土にしてしまったことを後悔している。だから、自分が役に立てるならと思って、神の役割を引き受けたんだ》

声の主は、疑っているブランシュを責めることもない。優しく、心が広い。

（……そうね。リシュアン様はなにも悪くない）

ルネの話を聞いた前後で、リシュアン自体はなにも変わっていない。変わったのは、ブランシュの心だ。彼の正体が魔獣だとわかっただけで、聖女である自分まで否定されたような気持ちになってしまった。平和を愛したという魔獣が、国の守り神と呼ばれることのなにが悪いのだと問われれば、ブランシュにもわからないのに。

「……私が初めてあなたの声を聞いた時のことを覚えてくれているなら、あなたは間違いなくリシュアン様です」

《……信じてくれるのか?》

優しい声だ。神様としてのリシュアンは、威厳があって遠い存在に感じるが、今の話し方だとより感情が伝わってきて、親しみが湧く。

「あの……さっき、……どうして謝ったんですか?」

《俺が魔獣だったことで、君がショックを受けたみたいだったから》

そんなの、リシュアンは少しも悪くない。むしろ、ブランシュの態度は、彼を傷つけただろう。

《俺が魔獣だと知って、がっかりしたんだろう?》

声のトーンで、リシュアンも傷ついたことが想像できた。ブランシュはますます胸が痛くなってくる。

(そうよ。リシュアン様は世界中の声を聞くことができるんだもの)

先ほどのブランシュの失礼な発言も、すべて聞こえているのだ。

「リシュアン様、その……」

《いいんだ。魔獣を嫌がるのは、あたり前だ。体があった頃、人間には嫌われていたから慣れてる》

「ちが……」

　ブランシュが否定する前に、ルネの尻尾が彼女の口をふさぐ。

《気にするなよ。神でも魔獣でも変わんないって。リシュアンは、生き残った人間たちのために、ずっと力を尽くしてきたんだ。その行為は、神と呼んでいいくらい素晴らしいものだと思う。僕は好きだよ、リシュアンのこと》

　ブランシュは口をふさがれたまま、首を縦に振った。

　ルネの言う通りだ。彼の神託によって救われた人を、ブランシュは何人も見ている。

　最初に聞いた神の声も、国の北部に渡る橋が落ちたという内容だった。

　半信半疑で内容を父親に伝えると、父親はそのまま神殿長に話した。時間差で水晶の間から聖女たちが出てきて、同じ内容の神託を告げたことで、ブランシュは聖女と認定されたのだ。

　神託を受けて騎士団がすぐ派遣されたことにより、怪我人の救助がスムーズにできたと聞いている。

（あの時、神の声が聞けることに、それで人を救えることに、本当に感動したの）

「聖女になれたことは、私の誇りだった。でもそれは、神に選ばれたことじゃなくて、自分にも人を救う手助けができたからだわ」

だからこそ、神託を伝えられる自分が誇らしいと思っていたのだ。

「……魔獣だから嫌だなんて、固定観念に惑わされて判断するのは失礼だったわ。……ごめんなさい」

自分の発言を取り消したい。今度は恥ずかしさで泣きたくなってきた。

（私の馬鹿、馬鹿、馬鹿、馬鹿！）

《馬鹿じゃない。ブランシュはいい子だ。いつも、水晶を綺麗にしてくれるだろう？ブランシュの清掃が一番丁寧で、すっきりしていい気分になるんだ。だから、ずっとお礼を言いたかった》

朝の清掃活動のことだろうか。水晶を磨くと淡いピンクの光を放っていた。あれは喜んでくれていたのか。

（あんなふうに言った私のことを励ましてくれるなんて、リシュアン様はやっぱり優しいわ。当然のように心の中を読まれていることは気になるけれど、ルネもリシュアン様も人間を超越した存在だということであきらめよう）

「ごめんなさい。私、失礼なことを言いました。リシュアン様のこと、信じています。魔獣だろうがなんだろうが、あなたは私の神様です」

　虚空に向かって頭を下げる。と、ふわふわしたものが足先に触れた。目を開けてみるとそれはルネの尻尾だ。

《リシュアン、喜んでいるよ》

「本当？　怒っていませんか」

《うん。受け入れてくれてうれしい。ありがとうブランシュ》

　リシュアンの声が優しくて、ブランシュはやっぱり泣きたくなった。

　こんなに優しい生き物が、魔獣というだけでいいように利用されて体を失ったなんて、なんて悲しい話だろう。

「リシュアン様には、もう魂しかないのですか？　ルネみたいに体を持つことはできないの？」

《うん。たぶん。俺にも、よくわからないんだ。はっきりしているのは、千年ずっと、水晶の中にいて、世界中の多くの情報を吸い上げることができるけど、ルネみたいに自由に動ける形をとることはできないということだ》

「そうなんですか。……ルネ、本当にできないの？」

《無理だね。動物の体をつくるには、すごく細かい魔力操作が必要なんだ。賢者といわれた僕だからできるんだよ。魔獣だったリシュアンは、魔力こそ強いけれど魔法自体を知らないからね》

だとすれば、リシュアンは世界中のいろいろなことが見えるのに、自分で動くことはできないのだ。想像しただけで、もどかしさでどうにかなりそうだ。

ましって、彼の声が聞こえる人間は聖女だけだ。それさえも聖力量で聞こえ方には差がある。彼が教えようとしても、うまく伝わらないことは多かっただろう。

《ブランシュは、今までの聖女の中で一番魔力――神殿の言い方だと聖力だけど――がある。ちゃんと言葉で聞こえているだろう？》

「はい。でも今の方が神託の時より、よく聞こえます」

《神託の時は、威厳のある話し方をしろって言われてるから、言葉がうまく出ないいんだ。でもブランシュは、もう俺が魔獣だと知ったから、好きなように話せる》

「なるほど」

リシュアン神の知られざる気苦労に、ブランシュは同情してしまう。

「では、これからは気軽に話しかけてくださいね。神託以外にも、普通の話でも」

《うん。ありがとう、ブランシュ》

こうして話していれば、神様とも魔獣とも思えない。少し年上の優しげな男の人くらいのイメージだ。

（前よりずっと話しやすくなった気がする。リシュアン様が優しいことに変わりはないし、私は彼の言葉を信じよう。……あっ）

「そういえば、リシュアン様！　先ほどの神託はいったいどういうことなんですか？　結婚なんて……」

《ああ、あれは……》

『ブランシュ、ドロテ様がお呼びよ』

肝心の本題に入ったところで、部屋の外からキトリーの声がする。

「あっ、はい、すぐ参ります」

《ちぇ、僕、ブランシュの前世の話とか聞きたかったのに》

ルネが拗ねたような声を出す。ブランシュだって、肝心の神託の意図を聞きそびれて歯がゆい気持ちだ。

「とにかく、呼ばれたので行ってまいります」

《後で話そうねー、ブランシュ》

返事をくれたのはルネだけだ。リシュアンの声は、キトリーが近くに現れてからぴたりとやんでしまった。彼女だって聖女なのだから聖力もとい魔力がある。内容を聞かれることを危惧して、黙ってしまったのかもしれない。

「キトリー様、お待たせしました」

ブランシュが部屋から出ると、キトリーは複雑そうな表情で立っていた。

「神殿長様とドロテ様が、あなたの今後について話したいって」

神託が出た以上、結婚は避けられない。相手と連絡を取り、顔合わせをして、最終的に神殿を出る手続きをするなど、やることは多いのだろう。

「ブランシュ、あなたさっきの神託についてどう思う？」

「結婚ですか？　正直、戸惑っています。あまりに突然のことですし」

「そうよね。それに相手が誰かっていうのも問題じゃない？　神託では暮れの土地と言われていたわ。これは、日が沈む西側の領土を指しているわけでしょ。辺境伯家といえば、北西のダヤン領と南西のコワレ領よね。でも、コワレ領の領主は四十代の既婚者で、この神託にはあてはまらないわ。だとすれば、ダヤン領の領主なわけだけど、彼も結構な高齢のはずよ。奥方は早くに亡くなっておられたと思うけれど」

「キトリー様、お詳しいんですね」

「私の実家は、コワレ領とダヤン領の間にあるの。しがない男爵家だけど、広い土地を持っていたから縁談は結構あったのよ」

キトリーが聖女認定されたのは、五年前、十七歳の時らしい。

「社交界で相手探しをしていた時期に聖女になったのよ。予定していた人生とのあまりの違いに、絶望したわよね。だから、正直俗世に未練はあるわ。年寄りの後妻になるのは不幸って思うかもしれないけど、私からしたら、神殿の外に出られるのはうらやましい」

「キトリー様」

キトリーの愚痴交じりの話には、有益な情報がたくさんある。

（……私も、前世の記憶を取り戻して、今度こそ後悔しないように生きるって決めたところなのにな）

神託である以上は、国の明暗にもかかわってくる。ブランシュの個人的な気持ちだけで断るなんてできない。

（ままならないなぁ、人生は）

ため息をつきつつ、長い廊下を歩く。

そしてふたりは、応接室と呼ばれる部屋へと入った。

　中には神殿長とドロテがいた。ブランシュだけが中に入り、キトリーは礼をして戻っていく。

「来ましたね、ブランシュ」

「おかけなさい」

「はい」

　この中央神殿における二大権力者に挟まれて、ブランシュは居心地が悪い。

「神殿長様とも協議した結果、おそらく神託が示すあなたのお相手は、ダヤン辺境伯だと推察されます」

　キトリーの予想通りだ。

「……あなたが知っているかはわかりませんが、ダヤン辺境伯は今年五十八歳を迎えられます。けれど奥方は十年ほど前に亡くなっておられますので、嫁ぐのに問題はないでしょう。あなたにとっては父親ほどの年のお方に嫁ぐのは不満もあるでしょうが、神のご意思であることを肝に銘じ、諾々として受け入れていただければと思います」

「……はい」

「では、ダヤン領に使いを出します」

　話がそこまでいった時、キトリーが焦った様子で部屋に入ってきた。

「大変です、ドロテ様！」

「なんです。ノックもしないで」

「ダ、ダヤン辺境伯がお越しです！」

「えっ」

　思わずブランシュも声を出してしまった。

「し、しかもですね。その辺境伯、想像していた方とは、ずいぶん違っているんですー！」

　キトリーの叫びに、ブランシュだけではなくドロテや神殿長の動きも止まった。

「と、とりあえず、辺境伯様をお通ししなさい」

「はいっ」

　再び騒がしくキトリーが出ていく。

（どういうこと？）

　ブランシュは完全に混乱していた。

暮れの土地の辺境伯

時は、ひと月ほどさかのぼる――。

北西のダヤン辺境伯家に、大柄な騎士風の男が乗った早馬が駆け込んできた。

「これは、オレール様！」

「父上が危篤というのは、本当か？」

出迎えた執事長・シプリアンが「こちらでございます」と領主の寝室へと案内する。

馬を従僕に託し、オレールは足早にその後をついていった。

オレールが、自領であるダヤン領に戻ってきたのは、実に六年ぶりだ。

領地には次期領主候補である兄が残っており、次男の自分が領地でやれることはほとんどない。だからこそ、身を立てるべく騎士としての務めにまい進した。結果、下っ端騎士だったオレールは、第三騎士団の副団長にまで上りつめたのだ。

年に何度かは手紙で近況を報告し、返事を受け取っては、故郷は変わりがないのだと安堵していたものだが、実際はそうでもなかったらしい。

つい二週間前に届いた手紙はシプリアンの筆で、父が危篤状態だというものだった。

しかも、実は四年前から発症しており、後継者であるはずの兄が失踪した三年前あたりから、心労も相まって床に伏すようになったのだという。

父は、オレールに心配をかけまいと、ずっと内緒にしていたらしい。

オレールは、ハンマーで頭を殴られたような衝撃を覚えた。

父が病気であったことも、兄が失踪していたこともまったく知らなかったのだ。

領地からくる手紙にはいつも【こちらは変わりないから、体に気をつけて頑張りなさい】と書かれていて、オレールはそれをうのみにし、様子を見に戻ることもなかったのだから。

「父上！」

寝室にある大きなベッドに、そぐわないほど弱々しくなった父が横たわっていた。

十四歳の時に亡くなった母親も体が弱く、床に臥すことが多かったため、オレールは家族で仲よく過ごした覚えがあまりない。

父は領主としての仕事に忙しく、後継者である兄ばかりを気にかけていたからだ。

オレールは横たわる父に話しかける。

「父上、しっかりしてください！」

父は薄目を開け、意外そうな顔をした。

「お前は……オレール？　どうしてここに。まだ、ダミアンは見つからないのか」

病床の父が、久しぶりに戻った息子を見て言うことはそれなのかと思いつつ、オレールは父の手を握った。

「兄上はまだ戻られません。失踪した理由に心当たりは？」

「ごほっ……さあな。本格的に仕事をあいつに任せようとした矢先だ。思ったようにできなかったことで自信をなくしたのかもしれんな」

「それにしたって、こんな状態の父上を置いて……」

「あいつには病のことは隠していたのだ。そう責めるな」

長い間実家に戻らなかったことを、オレールは初めて後悔した。せめて年に一度でも帰っていたら、もっと早く現状を打破する手立てが講じられたのに。

「とにかく、しばらくは俺がダヤン家を切り盛りしますので……」

「お前が？」

父は意外そうな顔をした。

オレールは次男で、子供の頃から領地運営に関しては期待されていない。

（こんな状況でもそうなんだな）

オレールは暗い気持ちになりながら、頷いた。

父の危篤の報を聞いたオレールは、慌てて騎士団に休暇を申請し、取るものも取りあえず領地に向かった。

昔は明るい雰囲気に包まれていた街は、すっかりその様相を変えていた。今はまったく活気が感じられず、領民は皆、暗い表情をしている。

(領地のこんな状態を放っておけるはずがない)

せっかく得た第三騎士団副団長という立場も、手放すしかないだろうとオレールは覚悟した。

「とにかく、ゆっくりお休みください。父上」

オレールは、父の手を握り元気づけたのち、シプリアンと共に部屋を出た。

「オレール様、よくぞお戻りくださいました」

「シプリアン、父上の容体について詳しく教えてくれないか」

シプリアンも、以前より髪に白いものが増えている。苦労しているのだろうと察し、改めて領地を顧みなかった自分を反省する。

「臓器が破壊されていく病気のようです。最初は食欲が落ちてこられたくらいにしか思っていなかったのですが、徐々に痛みを訴えるようになり、最近では起き上がることも難しくなってしまわれました。ダミアン様がいなくなられて以降、気力が削がれてしまわれたようで、治療にもあまり積極的でなく……」

オレールは舌打ちする。そうはいっても、治療しなければ治らないではないか。

こんな時こそ、身内が父を励まさなくてどうするのだ。

「兄上は父上の病気のことは知らないのだろう？　早く捜し出さなくては」

「ええ。一応人を出して捜してはいるのですが、三年間手がかりひとつ掴めておりません。旦那様は、病気のことを他領に知られないようにしろと仰せでしたし」

辺境伯家の危機を、表にさらすことは避けたかったのだろう。

それはわかるが、国全体のことを考えるならば、こうなる前に病気を公表し、兄に自分から帰らせるべきだったのだ。

辺境伯家は、国の結界の一部だ。滅んでしまっては国の安全にも影響が出てしまう。没落など許されないのだ。

「……せめて、俺にくらい、もっと早くに教えてくれればよかっただろう」

「旦那様はオレール様の出世をお喜びでした。きっと、邪魔をしたくなかったのだと思います。今回、お呼び立てしたのは完全に私の独断でして……」

「それに関しては感謝する。父の死に目にも会えないのでは、息子として立つ瀬がないからな」

オレールは無意識に唇を噛んでいた。

「それにしても、あれほど期待されていて、どうして……」

歯がゆいとは、今のような気持ちを言うのだろう。

跡取りとして大事にされ、優遇されている兄を、オレールはいつも複雑な気持ちで見ていた。実際、ダミアンは優秀で、子供の頃は神童ともてはやされていたものだ。

当時のオレールには、常に劣等感がつきまとっていた。

オレールは深いため息をついた。過去のことを、今掘り返しても仕方がない。

「これからのことを考えなければ……」

オレールは首を振って、気持ちを切り替えた。

「シプリアン、まずは領地の現状を教えてくれ。俺には領地経営の知識はないが、辺境伯家の人間として、領民を守る責任はある」

「さすがオレール様。では執務室の方へお越しください」

父の執務室は、壁の一面が書棚になっていた。膨大な量の書物を前に、オレールは息をのむ。

「父上も兄上も、これを全部読んだのか?」

「旦那様はすべて目を通しておられます。ダミアン様はどうでしょうね。領主教育でこの棚はひと通り目を通すようには言われていたと思いますが……」

それは、オレールには必要ないと、遠ざけられてきた書物だ。オレールは一冊手に取り、ぺらぺらと眺めてみる。読めないわけではないが、理解しながらと思えば膨大な時間がかかるだろう。

「すべてを理解してから実務に手を出すのであれば、間に合わないだろうな。取り急ぎ、誰か、仕事内容を理解している人間に側近についてもらいたい」

「そうですね。レジスがダミアン様の側近をしていた時は、執務補佐もしていました」

「していた時は？」

「ええ。ダミアン様が失踪される半年ほど前に、突然、下働きに移されたのです。どうも執務中にご不興を買ってしまったようで」

「では今レジスは？」

「下働きとして、今もこちらでお世話になっておりますよ。両親もおりますし、辞めてどこかに行くという気持ちにはならなかったのでしょう」

レジスは使用人の息子で、ダミアンと年が近かったため、オレールもよく一緒に遊んでいた。よくしゃべる男で、場を和ますのが得意だった。無口なオレールは彼といるのは楽だったので、案外好きだったのだ。

　彼はダミアンと仲がよかったので、下働きにまで降格させられたのは意外なことだった。

「今残っている使用人の中に、レジスのほかには執務経験者はおりませんので、彼を側近として召し上げましょうか」

「そうだな。取り急ぎレジスにお願いしよう。まずは、現状把握だ。なにをしなければならなくて、なにが滞っているのか、調べるよう伝えてほしい」

「はい。ところでオレール様、騎士団の方は……」

「とりあえずひと月の休暇願いは出してきた。状況を見ながら進退は考える」

「助かります。よろしくお願いいたします」

　母が死んでから、ダヤン家はまとまりを欠いてしまった気がする。幸せだった幼年期を懐かしみつつ、オレールは徴税帳簿から目を通し始めた。


　オレールがダヤン辺境伯家の執務内容を確認する日々が一週間ほど続いたある日、辺境伯はシプリアンを呼び出した。

「シプリアン……は、いるか？」

「はい、旦那様、ここに」

「紙とペンと、……小神殿、から神官を……呼べ」

ダヤン辺境伯家には、神の意思が込められた水晶が存在する。それは、国を守る結界の一部でもあり、小神殿にまつられていた。

小神殿には神官が数名勤めており、水晶をはじめとした聖遺物を管理しているのだ。

「はっ」

「……それと、オレールもだ」

「はい」

シプリアンは迅速に対応した。執務室で帳簿の確認に頭をかかえていたオレールも、呼び出されて父の寝室へと来る。

神官が枕もとに立ち、父の遺言となる言葉を書き写していた。

「父上、大丈夫ですか？」

顔色は黒ずんでいて、目も落ちくぼんでいる。かつてのたくましい父の姿を想像すると、湧き上がる感情は、悲しいというよりは、悔しいような複雑なものだった。

(父上はずっと絶対的な存在で、弱さを見せることなどなかったのにな)

「……オレール。私はもう長くはない。……ダミアンがいない今、お前に……この領を任せたい」

　話すだけでも苦しいというように、父は息継ぎをしながらようやく言いきった。

「父上」

　オレールは目を見張る。それは今まで一度だって言われたことのない言葉だったのだから。

『オレールは二番目だから、跡継ぎになるための勉強などしなくてもいい』

『ひとりで生きていく力をつけなさい』

　そんな言葉で引き離されて、オレールは父とも兄とも疎遠になっていった。

「どうか、……ダヤン領を守ってくれ」

「父上、待ってください、父上！」

　そのまま意識を失った父は、数日後、一度も意識を取り戻すことなく、亡くなった。

　親戚や、親しくしていた貴族に連絡をし、葬儀の段取りをつける間も、ダミアンに関する情報を集めようとしたが、彼の所在は皆目掴めない。結局、父の遺体と対面させることができないまま、葬儀を済ませてしまった。

　葬儀の一部始終が終わり、オレールは今後のことを伝えるため、不安げな使用人たちの前に立つ。使用人たちは、怯えたような表情で彼を見つめていた。

いかつい顔つきをしているため、昔から考え事をしていると怒っていると思われた。それを思い出し、オレールは、精いっぱい穏やかな表情になるよう心がける。

「父の遺言に従い、俺がこの領地を引き継ぐ」

使用人たちの不安そうな様子は変わらない。それはそうだろう。領主教育を受け期待されていた兄ではなく、長年領地を離れ、騎士の経験しかない弟が主人になるのだから。

使用人たちは、ダミアンとオレールのことを昔から知っている。頭のいいダミアンと、体力が自慢のオレール。柔和な顔立ちで朗らかな印象を与えるダミアンと、目つきが鋭く体が大きいため怖い印象を与えるオレール。

数え上げてみても、領主の資質はダミアンにあり、だから父も、ダミアンにしか領主教育を施さなかったのだ。

「……シプリアン、俺は一度王都に行って、騎士団に退団願いを出してくる。中央神殿に領主の交代も伝えなければならないだろう。その間、屋敷のことは任せてもいいだろうか」

「ええ。お任せください。旦那様」

「ああ。頼りにしている」

オレールは微笑み、父の墓前にダヤン領を守ることを誓った。

それから五日をかけ、オレールは王都へとやって来た。

領主の交代を報告するために中央神殿を訪れたオレールは、入り口にいた聖女に神殿長への取り次ぎを頼む。

聖女はなぜか慌てた様子で一度奥に下がると、すぐ戻ってきて、「ご案内します」とかしこまった様子でオレールを招き入れた。

オレールは疑問に思いつつも、神殿の荘厳な空気を吸い、気持ちを引き締めた。領主としての決意を新たに、一歩一歩踏みしめながら、聖女の後に続いて廊下を進む。

＊＊＊

ブランシュは、神殿の応接室でドキドキしながら辺境伯が来るのを待った。

（想像していた方とはずいぶん違うって……どういうこと？）

頭の中は大混乱だ。目の前のソファに座る神殿長とドロテも、困惑した表情をしている。

「お連れしました」

キトリーの声と共に、扉が開く。彼の姿を確認する前に、ブランシュは立ち上がって、頭を下げた。

「オレール・ダヤンと申します。神殿長様に報告があって参りました」

凛とした声に惹かれ、ブランシュは顔を上げる。

（若い！　それになんて大柄なの？）

オレール・ダヤンは、こげ茶色の髪の青年だった。背が高く、がっちりした体つき。目つきが鋭くしかめっ面で、威圧感がある。

（よく見ると整った顔立ちね。赤褐色の瞳も綺麗。……でもやっぱりちょっと怖いわ。怒っているみたいだもの）

ブランシュが戸惑っていると、彼と目が合った。するとなぜか、彼は目を見開いてブランシュを見つめてくる。

「ダヤン辺境伯家の方ですね。今日のご用向きは？」

神殿長が口火を切る。するとオレールもハッとしたようにそちらに向き直った。

「神殿長様ですね。ダヤン辺境伯家の次男、オレール・ダヤンと申します。一週間前、父は神の御許に旅立ちました。跡目は私、オレールが継ぐこととなり、領主交代のご報告に参りました」

「まあ、ダヤン辺境伯が……」

ドロテが悲しそうに顔をゆがめた。辺境伯家の代替わりは、神殿への報告が義務づけられている。ドロテはおそらく、前辺境伯の交代の時も聖女としてここにいたのだろう。

「そうでしたか。ダヤン辺境伯は責任感の強い立派なお方でした。惜しい方を亡くされましたな。さぞかし気落ちされたことでしょう」

「お言葉、痛み入ります」

「領主交代に関しては、一枚、書類を書いていただくこととなります。それとは別件で、あなた様に相談があるのです」

神殿長はオレールの気持ちに寄り添いつつも、必要なことを告げ、ブランシュに視線を向けた。

「相談？」

オレールは怪訝(けげん)そうに眉をひそめ、神殿長の視線の先にいるブランシュを見つめた。

睨(にら)まれているように感じて、ブランシュは居心地が悪くなる。

「先ほど、新たな神託が下ったのです」

「神託が？　なにか、問題が起こるのですか？」

前のめりになったオレールに、神殿長は神妙な表情でしばしの沈黙をつくる。

オレールが、緊張したように唾を飲み込んだ。

「七聖女全員で確認した神の声は、『暮れの土地の辺境伯と第七聖女ブランシュを結婚させよ』というものでした。これに関してご相談したいとお手紙を送るところでしたが、まさかご本人がやって来られるとは。……やはり神の采配なのでしょうか」

「暮れの土地の辺境伯……。ダヤン領かコワレ領ですね」

「ええ。そして一夫一妻制の我が国で、聖女を娶れる辺境伯はあなたしかおりません」

「俺……いや、私だけ……」

オレールが思わず立ち上がり、ブランシュの方に向き直った。

「聖女様と？」

眉根を寄せたその表情を見て、ブランシュは彼に望まれていないことを悟った。

「はい。……その、私なんかがすみません」

ブランシュはうつむき、動揺を抑えようとする。だけど声が震えてしまい、最後の方はかすれてしまった。

「いや、そういう意味ではなく……」

オレールは弁明するように言ったが、もうブランシュは聞いてはいなかった。

オレールはゴホンと咳ばらいをし、ブランシュではなく神殿長に向かって言った。

「け、結婚なんて、無理です！　聖女様は高貴なお方。それを汚すようなことは……」

「いや、落ち着いてほしい。これは本当に神託で」

「本当なのです。オレール様」

神殿長に続けてブランシュが言うと、オレールの眉間の皺が深くなる。

拒絶の視線がチクチク刺さって、ブランシュは胃のあたりが痛くなってきた。

「聖女は、神の声を聞くことのできる貴重な存在です。実際、国内で七人しかいないのでしょう？　その聖女を、俗世に落とすようなことを、神が言うはずがない」

彼の言うことはもっともだ。しかしたしかにリシュアンが出した神託だ。まだ確認できてはいないが、国にかかわるなにかがあるから、そんな神託を出したに違いない。

「それに我がダヤン家は……いえ、とにかく、突然結婚なんて無理です」

オレールははっきりと拒絶を口にした。

「しかし、本物の神託なのです。守られなければ災厄が起こるかもしれません」

神殿長はこの一点張りで、あくまでも神託を遂行しようとしている。らちが明かないと思ったのか、オレールはブランシュの方へと向き直った。

「……っ、あなたはどう考えているのですか。結婚ですよ？　一生のことだ」
「わ、私は」
オレールに叫ぶように問われ、ブランシュは体をびくりと震わせた。
ブランシュとしては、複雑な思いがある。
結婚は、前世で叶えられなかった夢のひとつなのだから、してみたい。その点では
この神託はチャンスともいえるだろう。一方で、相手が誰でもいいわけではない。も
ちろん最初に考えていた年配の辺境伯に比べたら、オレールは怖い印象はあれど、若
くて格好いい、贅沢な相手だとは思うが。
（正直、いいとも悪いともいえないわ。オレール様のこともよく知らないし）
けれど、神殿長の言うように、この結婚はリシュアンの神託だ。彼の言葉になにか
しら必然性があることをブランシュは知っている。
なので、聖女としてのブランシュが出す答えは、個人の感情とは別に決まっている。
「……もし、望んでいただけるのなら、神のご意思を全うさせてもらいたいと思って
います」
声が震えてしまう。そっと視線を上げると、オレールの口端がゆがむのが見えた。
（不満そう……。そうよね。突然、神託だから結婚しろって言われたって、見ず知ら

ずの相手だもの。たまたま今結婚していなかっただけで、恋人や婚約者がいるかもしれないし）

《大丈夫だよ。リシュアンはすべての情報を総合してこいつを選んだんだから。少なくとも婚約者はいない》

「えっ？」

　突然、ルネの声が頭に響いて、ブランシュは驚きで声をあげた。いつの間にか、ルネがブランシュの足もとにすり寄っている。

「ルネ！　どこから入ってきたの？」

「猫？　いつの間に？」

　オレールも、神殿長やドロテも驚きを隠せない様子だ。ドアが開いた気配もなかったのだから、当然といえば当然だ。

　甘えるように前足を伸ばしてきたルネは、ブランシュが抱き上げると「にゃぁ」となんともかわいい声を出した。

「よしよし、どうしたの」

《いいから、押しきってしまえよ、ブランシュ。中央神殿から出たいんだろ？　リシュアンに祈っていたじゃないか》

実際に言っていることは、全然かわいくない。

(出たいっていうか……、外の世界で自由を満喫してみたかっただけよ!)

《同じじゃないか。ここを出るのが先決だろ。なんとかしてこいつを頷かせろよ》

ルネの言う通りだ。聖女のままなら、一生この中央神殿で過ごすことになる。

(でも嫌がっているみたいじゃない。無理やりなんて嫌よ。それに私だって、結婚するならできれば好きな人がいいし……)

《好きな人ねぇ……》

ルネはあきれたように鼻を鳴らすと、尻尾でブランシュの鼻をくすぐった。

《お前、この男と結婚できるかって考えてみろ。リシュアンが選んだんだ。身の毛がよだつほど嫌なんてことはないだろ》

(この人と……?)

オレールという人物を、ブランシュはほとんど知らない。しかし見た目だけで判断するなら、怖い印象はあるけれど、素敵だと思う。背は高く、体は鍛えているとひと目でわかるくらいにたくましい。父を思い出させるこげ茶の髪も親しみが持てるし、赤褐色の瞳は珍しくて綺麗だと思う。

だけど、出会った瞬間からずっと、彼からブランシュに向けられるのは戸惑いと不快そうな視線ばかりだ。自分のことを好んでいない人と一緒にいるのはつらい。

（嫌じゃないわ。でも、相手はそうじゃないでしょ？　私との結婚をとても嫌そうにしているじゃない）

《そうかぁ？　僕にはべつに嫌がっているようには見えないけどね》

えらそうなくせに、ルネは見る目がない。ブランシュはあきれてしまう。

たしかにブランシュは中央神殿から出たい。外の世界で、自分が夢中になれるものを探してみたいのだ。でも自分の願いを叶えるために、彼に迷惑をかけてもいいとは思えない。

「……オレール様に迷惑はかけられません。その……」

ブランシュが、引き下がろうとした瞬間、オレールはため息をつくとソファから立ち上がる。

「わかりました。聖女様がそうお考えなら」

そしてブランシュの前に、うやうやしくひざまずいた。

誰からもされたことのない行動に、ブランシュの胸は一気に高鳴る。

「ブランシュ・アルベール様。神託に従い、あなたを花嫁としてお迎えしたい」

ブランシュの手を取り、その甲へキスをする。そして顔を上げると、困ったように眉根を寄せた。

「我が領では父が亡くなったばかりで、一年は喪に服さねばなりません。申し訳ないが、すぐにあなたとの結婚を進めるわけにはいかない。しばらくは婚約者という形でお迎えすることになるでしょう。それでも、よろしいですか？」

一年ほど、婚約者という関係性で過ごそうという提案らしい。

ブランシュは正直ほっとした。オレールに対して不快感がないとはいえ、やはりいきなり結婚というのは気が重い。

「その方が私も心の準備ができるので助かります。よろしいですか？　神殿長様」

「まあ仕方がないだろうな。しかし、神託なのだから、結婚は急いだ方がいいだろう。……挙式が無理なのはわかりますが、籍だけでも入れてはいかがでしょうか」

問いかけられたオレールは黙ってしまった。

（神殿長様！　それ以上彼を追いつめないで！）

ブランシュは、真面目そうなこの領主様を困らせているのがいたたまれない。

「申し訳ない。……本当に、父が死んだばかりで結婚など考えられないのです」

オレールは、沈んだ声でそう告げたのだった。

「暮れの土地の辺境伯があんなにお若いなんて。いいわねぇ。ブランシュ。私が代わりに行っちゃ駄目なのかしら」

応接室を出た途端、駆け寄ってきたのはキトリーだ。

ブランシュの腕の中にいたルネが「みゃ」と鳴いた。

「あら、猫。いつの間に入り込んだの？」

「さあ。話している途中にいきなり現れたので、びっくりしました」

「変ねぇ。私、ずっとここでブランシュが出てくるのを待っていたのに。まあいいわ、それより、どうなったの？　結婚の話！」

キトリーは興味津々だ。

「辺境伯家は喪中なので、婚約だけ整えるという形になりました」

「そうなんだ。でも、オレール様って言ったわよね。ダヤン領の後継者って、違う名前だった気がするんだけどなぁ」

キトリーはどこかすっきりしていないようだったが、ブランシュは話に付き合っているのにも疲れてきていた。

「キトリー様、私、自室に戻ります」

「あらそう。わかったわ」

ルネを抱きながら、廊下を歩く。
「ルネったら、どうやって応接室に入ってきたの？」
《僕は魔素で体をつくれるんだから、一度姿を消して中でまたつくったんだよ》
「そんなことができるの？」
《建国の賢者を甘く見てもらったら困るね》
ふふんと得意げに鼻を鳴らした。ルネは本当に賢者ルネなんだと改めて実感する。
自室に戻り、ブランシュはベッドに腰かけて息を吐いた。気が抜けたせいか、途端に睡魔が襲ってくる。
「はあ。なんだか今日は疲れちゃった」
《ねえ、ブランシュ。僕に、君の前世の話を聞かせてよ》
ルネが楽しそうに耳をピンと立てている。しかし、ブランシュはもう体を動かすのも億劫になってきた。
「その話は明日でいい？　私、今すごく眠い」
《えー》
ルネが不満げに騒いでいると、数時間ぶりにリシュアンの声がする。
《ルネ、ブランシュを困らせたら駄目だよ》

「今日はもう寝ます。おやすみなさい」

《僕、まだ話し足りないよー！》

ブランシュがベッドに入った後も、ルネからは非難の声が聞こえたが、やがてあきらめたように枕もとで丸くなった。そのかわいらしい姿に、手を伸ばしそうになる。

するとルネはぱちりと目を開けて、耳を揺らした。

《なに？　ブランシュ、一緒に寝てほしいの？》

「ち、違いますっ」

からかうように言われて、ブランシュはぷいとそっぽを向いた。

（まったく心臓に悪いわ。こんないたずらっ子みたいな人が、建国の賢者だなんて）

少しもの悲しい気分になりつつ、ブランシュは目をつぶる。

奇跡というものは、実際に目の前にするとこの程度なのかもしれない。

＊　＊　＊

予想外のことが起きてしまった。

自分に結婚話が舞い降りるなんて、晴天の霹靂（へきれき）とはこのことである。

神殿長を交えた話し合いが終わってから、オレールは領主交代の書類を提出し、受理された。これで、オレールは正式にダヤン辺境伯となったのである。

神殿長からは、その時にも『神のご意思に反するわけにはいかない。どうかブランシュを娶ってください』と念を押すように言われた。

神託である以上、この結婚に反対できる人間はいない。たとえそれが当人たちであっても。

神殿を出た後、領主交代の挨拶のため国王に拝謁したが、そこでも、神託の話は伝わっていた。

国王は、オレールに一週間は王都に滞在するようにと言った。その間にブランシュを正式な婚約者にしようと、段取りをつけているらしい。

トントンと話が進むものの、当人たちの気持ちは置いてけぼりだ。

現在、オレールは王都にあるダヤン家のタウンハウスにいる。

もともと、騎士団にいた頃に拠点としていた屋敷だ。使用人とも慣れ親しんでいて、辺境の屋敷よりも気が休まる。

「なんで領主交代の報告に行って、結婚する話になったんです？」

今や側近となり、共に王都に来ていたレジスが、不思議そうに尋ねる。

「俺の方が聞きたいよ。レジス」

オレールはレジスに、神殿からのとんでもない提案について愚痴っていた。

「まあでも、いいじゃないですか。堅物のオレール様は、今まで恋人もいらっしゃらなかったのでしょう？　お父上が亡くなって、嫁の世話をしてくれる伝手もなくなったところですから、本当に神の思し召しかもしれませんよ」

「神にまで心配されているのか、俺は」

オレールは頭をかかえて唸った。

しかも、相手はあの第七聖女だ。

オレールは辺境伯家生まれで信心深い。当然、王都にいる間は、週に一度くらいのペースで中央神殿に通っていた。

だから、第七聖女を見るのは、今回が初めてではない。

最初に見た時は、まだ幼さが残っていた。オレールは、参拝者たちの噂話から、彼女が十四歳で、神殿に来たばかりだということを知った。

薄紫の髪が顔にかかっていたからか、ひどく青ざめて見え、参拝者への挨拶に声を震わせる様子は頼りなげで、目が離せなかった。

こんなに年若い少女が聖女として選ばれたのかと、オレールは驚きと感嘆を同時に感じたものだ。

その日、彼女が読みあげた聖句は、震えたか細い声であったにもかかわらず、オレールの耳にずっと残っていた。

それ以降も神殿に通うたびに、彼女を捜した。礼拝堂を担当する聖女はその都度代わるため、彼女の姿を見ることができるのは、せいぜい月に一度ぐらいだったが、オレールは神殿に通うことが日に日に楽しくなっていった。

一年も経つ頃には、彼女の声には張りが出て、堂々としたたたずまいになり、誰が見ても立派な聖女になっていった。

（今日の様子を見る限り、彼女はきっと、俺には気づいていなかったのだろうな）

話をしてみたいという思いもあったが、オレールはいかつい顔つきをしているため、初見の女性にはたいてい怖がられる。参拝する時も、彼女を緊張させることのないよう、なるべく陰に隠れていた。

（遠くから見ているだけで満足だったのに、まさか、その彼女を俺が神の御許から引き離すことになるなんて）

「……はあ」

「ため息ばっかりですねぇ。なにがそんなに気に入らないのですか」

レジスがあきれたように言う。

「そもそも俺は正式な跡継ぎではないし、領内の状態だって今は最悪だ。仮に喪中でなかったとしても、結婚している場合じゃないだろう」

「そうは言っても神のお告げですからね。なにかしら意味があるのではないのですか」

たしかにそうなのだろう。神託は、国を救うために授けられるものだ。

これまでも、大火災になりそうだった山火事を初期の段階で教えてくれたり、希少な薬草の群生地を教えてくれたりと、なにかしら国に役立つことを伝えるものだった。

「結婚。……結婚なんて」

「往生際が悪いですねぇ、オレール様」

「うるさい、他人事だと思って」

じろりとレジスを睨み、オレールは自分に言い聞かせるようにつぶやいた。

「この結婚が、国のなにに好影響をもたらすのか、俺にはわからない。だが、それが国のためにはなったとしても、聖女の人生にとっては最悪だろう」

彼女の翼を折るのが自分であることが、悔しい。

オレールは胸のモヤモヤと戦いながら、そんなことを考えていた。

婚約者の憂鬱

翌日、ブランシュはいつも通り六時に起床する。

婚約することが決まったとはいえ、まだブランシュの所属は神殿だ。今まで通りの仕事がブランシュを待っている。

聖女の一日は奉仕活動から始まる。身を清め、場を清めることは、神の住処（すみか）である神殿において特に重要なこととされている。その中でも水晶の間の清掃活動は聖女がするものと決まっていた。

三人でおこなう場合もあるが、たいていはふたりでおこない、今日の当番はブランシュとドロテだ。

まだ眠っているルネを起こさないようにそっと部屋を出ると、廊下の向こう側からドロテが手招きしている。

「ドロテ様、どうかなさいました？」

「ブランシュ。悪いのだけど、今日は腰痛がひどくて。水晶の間の清掃、任せてもかまわないかしら」

「えっ……またですか？」

前の水晶の間の当番の時も、ドロテは調子が悪いからとブランシュに代わりを頼んだのだ。今回はふたりで当番なのだから、ひとりでやることになってしまう。

「あっ、いたた。駄目かしらねぇ、ブランシュ？」

腰を曲げたドロテから上目遣いで見つめられ、ブランシュは言葉に窮する。なんだかすっきりしない気持ちだったが、仕方なく頷いた。

「……わかりました」

べつに清掃が嫌なわけじゃない。むしろ好きな仕事だ。だけど、今日は素直にそう思えない。

モヤモヤした気持ちのまま水晶の間に向かう途中で、今度はキトリーとすれ違った。

「あら、ブランシュ。ちょうどいいところで会ったわ。今日の午後の礼拝堂当番、代わってくれない？　私、月のものがきてしまったの」

礼拝堂当番とは、大勢の参拝者が訪れる礼拝堂で、聖句を読み上げ、讃美歌を歌う仕事だ。

こちらも当番制なのだが、キトリーはこれが苦手なのか、事あるごとにブランシュに頼んでくる。

（でも月のものって言われると断りづらいのよね）

「そうなのですか。……仕方ありませんね」

そう、仕方ない。下っ端の聖女であるブランシュには、仕方がないことが多すぎる。

（今までは、こんなにモヤモヤせずに受け入れられていたはずなんだけどな）

前世の記憶を思い出してしまったからだろうか。無性に胸がざわついていた。

こんなふうに仕事を押しつけられたり、理不尽な言いがかりをつけられたりすることは、前世でもよくあった。それは、年若だからという理由ではなく、咲良が反論をしない弱虫だったからだ。

（甘く見られていたんだわ。今の私もそうよ。前世を知ったことで、それがわかってしまった）

思えば、これまでのブランシュは素直すぎた。ほかの聖女の不調を信じ、自分が助けられるのならばと献身的に働いてきた。

だけど、前世の記憶を取り戻した今ならわかる。ドロテの腰痛はそこまでひどくもなく、なんなら朝食の席には元気そうな顔で来るだろう。

（咲良の記憶から、それがわかる。私よりもずっと長い期間、咲良は虐げられてきたから）

水晶の間の前では、清掃メイドが清掃道具を持って待っていた。

「あれ、ブランシュ様おひとりですか？」

「ええ。道具はこれね。ドロテ様は腰が痛いのだそうよ」

あきらめたように言うと、清掃メイドはあきれたように笑った。

「毎回そう言っておられますね。まあ、御年五十三歳ですものねぇ」

そして、水のたっぷり入ったバケツをブランシュに渡す。

「ではブランシュ様、よろしくお願いいたします」

「はい」

ブランシュは水晶の間に入り、大きく深呼吸をする。

（静謐な空気……）

ブランシュはこの空気が好きだ。

「よし、やってしまおう」

気を取り直して、ブランシュは箒を手に取った。

まずは水晶の間全体を掃き、水モップをかける。その後、ブランシュは乾いた布を取り出し、水晶を磨いていく。

「リシュアン様も綺麗にしましょうね」

水晶の間の清掃が聖女に割りあてられているのは、リシュアンへの敬意からだ。水晶に直に触れるという行為は、神殿の上層部の人間か聖女だけに許されている。
磨いていると、水晶がピンク色に淡く光る。なんとなく水晶が——ひいてはリシュアン神そのものが喜んでくれているような気がして、うれしいのだ。
《おはよう、ブランシュ》
リシュアンの声が頭に響いた。これまで清掃の時にはなにも話さなかったのに、昨日のこともあって気軽に話しかけてくれた。
「おはようございます。リシュアン様。気持ちいいですか？」
《ああ、最高の気分だよ。ありがとう》
「今日の天気はどうでしょうね」
《王都は雲の流れから外れているから、晴れるだろうな》
そんなふうにブランシュとリシュアンが仲よく世間話をしていると、いつの間にか室内に白色の猫の姿があった。
《ブランシュ！　なんで僕を置いていったんだよ！》
ルネだ。扉が開いた音はしなかったので、昨日のように思念体で部屋に入って体をつくり直したのだろう。

「こら、猫はここに入っちゃ駄目なのよ？」

《建国の賢者に対してそういうこと言う？》

「そうはいっても、姿は猫でしょ。連れ込んだって思われたら私が怒られちゃうじゃないの」

《僕が見つかるようなへまをするわけないだろ》

　尻尾を立てて怒るルネだが、猫姿だと怖くもなんともない。ルネに対して敬語を使わないのは、本人がいいよと言ったこともあるが、単純にかわいい猫に敬語を使う気になれないからだ。

「まったく、やりたい放題なんだから。ルネは自由すぎるわ」

《はは。ルネが怒られているのは初めて見るな》

　ブランシュはぎょっとした。リシュアンが声をあげて笑うのを初めて聞いたのだ。

（そうよね。リシュアン様にだって感情があるに決まっている。神として対峙していた時は、あまりに雲の上の存在すぎて考えも及ばなかったわ）

　そう思えば、ブランシュは逆に心配にもなった。

「リシュアン様も、本当は自由になりたいんじゃないですか？」

　もう千年もの間、神として縛られてきたのだ。体がつくれないから仕方がないと言えばそれまでだが、彼自身のやりたいことはないのだろうか。

ブランシュの問いに、リシュアンはうれしそうな声を出した。

《俺がやりたいことは、君たち聖女が伝えてくれるおかげで叶っている。俺はこの国の平和を守りたいんだ。人が笑っている声が好きなんだよ》

その返答は、優しいものだ。

洗脳されて戦争の道具にされ、心と魔力だけの存在になってなお、リシュアンは人間たちを好きだと言い、尽くしてくれる。

(リシュアン様はすごいわ)

慈悲深い彼の心に触れ、ブランシュの胸は感動で震える。

「私、リシュアン様にお仕えできてうれしかったです。お話ができるようになって、前よりもっとリシュアン様が好きになりました」

《本当かい？　威厳がなくても、大丈夫?》

「ええ。リシュアン様は、本当に優しい魔獣なんだなってわかりました。前よりもずっと好きになりましたよ」

《あー、ちょっと。ブランシュ、余計なことを言わないでよ。駄目だよ、リシュアン。君は神としてあがめられているんだから、ブランシュ以外には、今まで通り威厳のあ

る話し方をしないと。君が思っているより、人は立場を重んじるんだからね！》
ブランシュの甘い考えを叱咤するように、ルネがぴしゃりと言った。
「そうかしら」
《そうだよ。この国は、信仰心で団結しているんだから、リシュアンが魔獣だなんて知られたら、暴動が起きちゃうよ》
「……そうかなぁ」
不満げなブランシュに、ルネはあきれた様子だ。
《君はお人よしだよね。あんまり人間を信じない方がいいよ》
尻尾をピンと立てて、ルネはそっぽを向いた。一方、水晶はキラキラと輝いている。
これはきっと、リシュアンが喜んでくれたのだと、ブランシュは思うことにした。
《ところで、ブランシュ。なんでドロテは清掃に来ないんだ？》
リシュアンは少し不満げな声を出す。
「腰が痛いそうですよ」
《ドロテの腰は、大丈夫だぞ？》
リシュアンは体の不調も見極めることができるのだろうか。
「では心が疲れているから、腰が痛んでいるように感じているのかもしれませんね」

思いつきで言った答えだが、実際そうなのかもしれないと思えてきた。仕事を押しつけられてばかりで苛立っていたはずなのに、自分はずいぶん単純だ。
《ブランシュはお人よしすぎるよ》
ルネが水晶の周りをとことこ歩きながら、馬鹿にするように言う。
「相手の言葉を信じておく方が穏やかでいられるわ。だから仕事が増えても我慢できるの」
《我慢する必要が、そもそもないと思うんだよね、僕は》
「でも、居場所がなくなったら困るもの。聖女になって、もう長いこと両親は面会にも来てくれなくなったわ。追い出されたら行くところがないの」
当初は別れを惜しんでくれた両親も、兄夫婦に子供ができた頃から、徐々に疎遠になっていった。神の娘として、もう家に戻ってこない娘よりも、孫の方がかわいくなったのだろう。
《でもこれからは違うじゃん。婚約したら、ブランシュはダヤン領に行くんだろ？》
ルネに言われて、ハッとする。たしかに、婚約者となればダヤン領に行ける。オレールの許しがあれば、旅行することだってできるだろう。
「そうか。そうね。……これからはいろいろなところに行けるのね」

《そうだよ。ブランシュは思う通りに生きていい》

神様にそう言われるのは心強い。

「ありがとうございます。リシュアン様」

うれしくてお礼を言うと、すぐにルネからブーイングが上がった。

《なんでリシュアンにだけお礼？　僕だって励ましているじゃん》

「ルネのは、からかっているようにしか聞こえないんだもの」

《なんだよー！》

尻尾を立てて怒るルネに、笑い声をあげるリシュアン。なんだか平和で、これはこれで居心地がいいなとブランシュは思った。

「よし、これで清掃は終わりです」

ブランシュは清掃道具を片づけると、「ルネ、見つかる前に姿を消して」と先に追い出す。

「ではリシュアン様、失礼いたしますね！」

ブランシュは水晶に向かって語りかけた。

彼女が出ていった室内では、大水晶がキラキラと輝き続けていた。

三日後、国王に呼び出されたオレールとブランシュは、国王を証人として、婚約証明書にサインをした。本来ならば結婚証明書を作成するところだが、ダヤン辺境伯家が喪中であることを考慮しての措置だ。喪が明ける一年後に正式な結婚証明書を提出する運びとなっている。

「いやはや、めでたいな」

ご機嫌な国王を前に、ブランシュは気が気ではない。

隣に立つオレールが、ずっと仏頂面なのだ。

(ううう。怒っているのかしら。やっぱり結婚なんて嫌なのよね?)

「聖女を結婚させろなどという神託には驚いたが、きっと、ダヤン辺境伯家の現状に鑑(かんが)みての神の思し召しだろうな」

「はっ。お恥ずかしい限りで」

オレールの表情をうかがいながら、国王の言葉の意味を考える。

ダヤン辺境伯家の現状はそんなに悪いのだろうか。たしかに当主の病死で大変だとは思うけれど、ちゃんと跡目を継ぐ子供がいるのだから、言うほど憂える状態ではないように思う。

「希少な聖女だ。大事にしてやってくれよ。辺境伯殿」

「ええ。もちろんでございます」

この時ばかりは、オレールも笑顔を見せた。ブランシュは申し訳ない気持ちになりながらも、正式にオレール・ダヤンの婚約者となったのだ。


婚約式が終わると、城の奥にある部屋に招かれた。どうやら、休憩のための部屋を用意してくれたらしい。

中には、女性のメイド数人と、細身の男性がいた。

「私は、オレール様の側近のレジスです。以後お見知りおきを」

オレールと違い、表情豊かな男性だ。長めの銀色の髪をうしろで結い、にこやかに微笑んでいる。服装も清潔感があり、話しやすそうな印象だ。

「レジス様ですね。ブランシュ・アルベールと申します。よろしくお願いいたします」

メイドが持ってきたお湯を使って、レジスはお茶を入れてくれた。

「いやあ、びっくりしましたよ。オレール様が領主になったこともそうですが、すぐ婚約となったこともね。驚きの連続ですね、人生は」

「ふふ。そうですわね」

オレールもブランシュもあまり多くを話す方ではないので、彼がいると部屋の中が明るくなったような気がする。

少し気分が軽くなったところに、オレールのため息が聞こえ、ブランシュは再び緊張する。

「……聖女様に、話しておかなければいけないことがある」

神妙は面持ちで、オレールが言いにくそうに口を開いた。

「はい？」

「ダヤン領のことについてだ。俺はダヤン家の次男で、本来は跡継ぎではない」

「まあ、そうなのですか」

ブランシュは少し驚いた。ここまで話が進んでから、跡継ぎではないと言われても困る。

「本来の跡継ぎだった兄は現在失踪しており、父は病死。それで俺にお鉢が回ってきたというわけだ」

「その前は騎士だったんですよ。今日も先に退団願いの受理の確認と今後の話をしてきたんです」

レジスが補足してくれる。

「……騎士様だったのですね。道理でしっかりした体つきだと思いました」

「そうなんですよ！　オレール様は、騎士時代、将来有望と言われていたんです！　第三騎士団の副団長まで務めたんですから！」

レジスがうれしそうに話す。どうやら、彼は主君であるオレールのことが大好きなようだ。

オレールの年齢は二十四歳だという。その年齢で副団長を務めたのなら、相当の実力者に違いない。

「レジス、その話はいい。しばらく下がっていろ」

「ですが……」

「もう終わった話だ」

オレールは仏頂面のまま黙り込む。レジスもしゅんとして一歩下がったため、室内は沈黙に包まれた。

（……気まずいわ）

ブランシュは、おずおずと話の先を促すことにした。

「でも、もう神殿にも報告しましたし、領主はオレール様なのですよね？」

「まあ、そうだ。けれど、神の命じた君の結婚相手が、本当に俺で正しいのかは、わからない」

たしかに、神託では名前まで指定されたわけではない。〝暮れの土地の辺境伯〟と言われただけだ。

「幸いなことに、俺と君はまだ婚約者という立場だ。既成事実がなければ解消することは可能だ。だから……その。つまり、節度ある距離を保つと誓おう。君の未来に、傷がつかないように」

つまり、オレールはブランシュに手を出さないと宣言しているのだ。

ブランシュは、ほっとしたような悲しいような微妙な気分だ。オレールのことは無口で怖いという印象を持っている。その一方で、もっと彼のことを知りたいとも思っていた。

レジスがここまで慕うなら、きっと悪い人ではないだろう。もっと踏み込んで彼に心を開いてもらえるようになったら、いい夫婦になれるかもしれないと。

けれどオレールは、最初からそのすべてを拒否しているのだ。

「……オレール様は、お兄様が戻られたら領主の座を明け渡すおつもりなのですか？」

「そうなるかな。……少なくとも領民はそれを望むと思う」

なぜそんなふうに思うのか、ブランシュは腑に落ちない。

後継者として育てられながら、出奔して父親が死んでも戻らない人を、領民は領主として認めるのだろうか。

それに、逆に考えれば、神託がある以上、ブランシュを娶った相手が辺境伯だ。失踪したという兄が戻る前に結婚してしまえば、ダヤン領主の座は彼のもとから動かないはずだ。

（でも、そうはしないのね？）

ブランシュは、オレールをじっと見つめる。手を自身の膝の上に置き、なにかをこらえるようにずっと唇を噛みしめている。

第三騎士団の副団長だったと言っていた。それは、レジスがそうであるように、身内からすれば自慢したくなるような功績だろう。オレール自身も誇らしかったに違いない。

けれど、領土を守るために、彼は領主にならなければならなかった。彼が捨てたものは、おそらく彼にとっては最も大切なものだったに違いないのに。

（地道な努力で勝ち取った地位を捨てる決意までして領主の跡を継いだのに、お兄様が帰ってきたからといって、簡単に手放していいの？）

「オレール様は、領主になりたくなかったのですか？」

ブランシュの問いかけに、オレールは少し迷った様子を見せた。

「なりたくないとか、それ以前に、考えたことがなかったんだ。生まれた時からずっと、家督は兄が継ぐものだと言われていたし。今も、どこか他人事のような感覚しかない。……正直、そこに君を……聖女を娶れと言われてますます戸惑っている。与えられているすべてのものが、自分のものではないような気がして……」

「そうですか」

おそらく彼は、とても正直な人なのだろう。

ブランシュは話しているうちに、彼のことが少しずつわかってきたように思う。

話し方はぶっきらぼうで、常に不快そうな表情を浮かべているけれど、実際に話せば、自分の立場に悩みながらも、領民の気持ちを第一に考える優しさを持っている。

「……でも、先ほど陛下の前で誓いを立てた以上、私たちは婚約者です。オレール様のお気持ちはわかりましたので、私もそれ以上の触れ合いを求めることはしないとお約束いたします」

「そうか」

ほっとしたような表情に、ブランシュは、少しだけ悔しい気持ちになった。神託による結婚なのだから仕方ないが、そんなに自分を望んでもらえないなんてと。

「あなたの力になれるよう、努力します」

ブランシュが殊勝にそう言うと、オレールは困ったように微笑む。

「君の気持ちはありがたいが、君が俺のプラスになることはあっても、俺が君のプラスになることはないかもしれない」

なぜこの人は、こんなことを言うのだろう。

ブランシュは不思議に思い、彼を見つめる。

辺境伯というのは、貴族の中でも主要な立ち位置にある。普通の伯爵とは違い、辺境における警備のために多くの権限が与えられているのだ。

特にこの国では、辺境伯家は神の水晶の保護者だ。より高い権限が与えられている。聖女である今はともかく子爵令嬢だった時なら、辺境伯と結婚することになれば、もろ手を挙げて喜ばれたはずだ。

「なぜ……」

「俺は、周りからは堅物だといわれているし、見た目で怖がられることが多くてな。騎士のままでいたなら、嫁に来てくれる人がいたかどうかもわからない。君も俺のことが怖いだろう？」

問いかけられて、ブランシュは答えに窮する。怒っているようで怖いとは、ずっと思っていたから。

オレールは苦笑すると続けた。

「その俺が、領主となったことにより、聖女様を娶ることになったんだ。水晶を守る辺境伯家にとって、これ以上の幸運はないだろう。しかし、君にとってはどうだ？神の御許から引き離され、慣れない貴族のしがらみの中に押し込まれ、好きでもない男の妻になるんだ。とてもじゃないが、今より幸せな暮らしだなんて言えない」

（もしかして、……さっきから私の心配をしてくれているの？）

オレールは、自分の評価を下げようとばかりしていた。それは、この結婚に期待するなという警告のようなものかと思っていたが、それだけじゃない。ブランシュのことを気遣ってくれていたのだ。

ブランシュは、ムズムズとくすぐったいような気持ちになった。

「では……私も正直に言いますね。今回のお話、私にとっては渡りに船という気持ちでいます」

「渡りに船？」

「ええ。私は十四歳で聖女となりました。神に選ばれたことは誇らしいと思っていますが、もっと年頃の楽しみを味わいたかったというのが本音です。もう一度外の世界に出て、自由を満喫したいと思っていたんです」

「聖女様が？」

意外そうな表情だ。誰だって、聖女は喜んで神に仕えているものだと思っているのだろう。

「外の世界のいろいろなものに触れられること。それだけで、私にとっては価値があります」

「……そうか。だが、父の病気と兄の失踪のごたごたで、領内の統率は取れていないし、自由にさせてやれるだけの金銭的な余裕も今はない」

「いいですよ。私は、最低限、ここことは違う土地に行けるだけで」

ブランシュが言うと、オレールはほっとしたように頬を緩めた。

「……そう言っていただけるのなら救われる」

出会いから四日、ブランシュが見た中で一番やわらかい表情だ。

（これまでの仏頂面も、私を心配してのことだったのかしら）

そう思ったら、彼を怖いと思う気持ちは、急に薄らいでいった。そして同時に、もっと彼を理解したいという欲も湧いてくる。

「オレール様は、いつ領土にお戻りになるのですか？」

「そうだな。騎士団の荷物の引き取りもあるので、三日後くらいになるかと」

「ではその時に、私も一緒に領地へ連れていってください」

オレールの動きがぴたりと止まる。

「いや、でもまだ婚約期間だし」

「婚約期間だからこそ、交流を深めたいと思っています。それに神殿長様からも、神託による結婚なのだから早く一緒に暮らすようにと言われておりますし」

「しかし、まだ屋敷の者に、婚約の話もちゃんと伝えられていない。君を迎える準備にだって、ひと月くらいはかかる」

「私は客人として行くんじゃありません。最低限、眠るところと食事の用意さえしてもらえれば十分です」

反論を許さないよう、たたみかける。

「しかし」

戸惑うオレールに、ブランシュは笑顔で押しきった。

「せっかく婚約したのですもの。あなたと一緒にいて、あなたのことを知りたいのです」

オレールの耳のあたりが赤くなったのを、ブランシュは目ざとく発見した。

（嫌がっているというよりは照れているのね？）

じっと見つめていたら、オレールは顔を手で隠して項垂れる。

「……わかった。では、三日後、神殿まで迎えに行く」

オレールはそう言い、レジスと共にタウンハウスへと戻っていった。


ブランシュが神殿に戻ると、珍しく六聖女が礼拝堂にそろっていた。すでに一般参拝の時間は終わっており、いるのは聖女だけだ。

「皆さんおそろいでどうしたんですか？」

「あなたがいなくなった後の、当番の分担を決めていたのよ」

ドロテが答える。聖女たちは皆それぞれに思うところがあるのか、苦笑する者もいれば、純粋に祝福してくれる者もいた。その中で、キトリーは聖水を片手にぼやいている。

「あーあ、いいなぁ。ブランシュ」

「キトリー様、聖水はお酒じゃありませんよ」

「だってぇ。やってられないわ。私も結婚したーい」

キトリーは二十二歳。貴族令嬢であれば、一般的には家庭を持っている年頃だ。社交界で結婚相手を探していた十七歳の頃に聖女に認定されたと言っていたから、人一倍結婚への想いは強いのだろう。

「にゃお」

ルネが一目散にブランシュのところへやって来る。

「あーもう、猫までブランシュを選ぶんだぁ？　私なんて、誰からも求められていないんだわ」

ブランシュはルネを膝にのせ、キトリーの隣に座った。

「キトリー様には、きっともっと重要なお役目があるんですわ」

「そうかしら」

《キトリーも、結婚、したいのか？》

リシュアンの問いかけが聞こえる。ほかの聖女にも聞こえるのでは、と心配になったが、反応しているのはブランシュだけのようだ。

（そのようですよ）

心の中で応えると、リシュアンはしばし黙っていたが、《キトリーに合う相手は、今はいない》とつれない返事だ。

そう考えれば、ただやみくもにオレールをブランシュの結婚相手として選んだわけではなさそうだ。ブランシュは少し自信を持った。

「今、神の声が聞こえなかった？」

ドロテが皆を見回して言う。筆頭聖女なだけあって、リシュアンとブランシュとの個人的な会話の声も拾ったようだ。内容を判別できるほど聞こえているわけではなさそうなので、ブランシュはごまかすことにする。

「いいえ。私にはなにも」

「そう。変ねぇ」

ドロテはブランシュをいぶかしげに見るが、第三聖女がそれを制した。

「それより、分担の話ですよ。水晶の間の清掃と礼拝堂当番。決めてしまいましょう」

第三聖女が言いながら示したのは当番表だ。

「あ、私、三日後にここを発つことになったので、この日からお願いします」

ブランシュが報告した予想より早い出立に、聖女たちは表情を曇らせる。

「私はもう年ですからね、清掃当番からは外してちょうだい。今まではブランシュにやってもらっていたの」

ドロテが腰を押さえながら言う。

「そう？　じゃあ一番若いキトリーにお願いしましょうか」

第二聖女が言うと、キトリーはブンブンと首を振った。

「嫌ですよ。公平にしてください。若いからって押しつけられるのは理不尽です」

はっきりとした意見に、ほかの聖女たちは顔を見合わせる。

「清掃ならやってもいいわ。でも私、人前に出るのが苦手なので、これ以上礼拝堂当番を増やされると困ります。これまでだって、一回に一度はブランシュに当番を代わってもらっていたの」

第五聖女が言うと、キトリーも「私も、時々代わってもらっていたわ」と続ける。

第三聖女は頬を押さえながらため息をついた。

「なんだかんだとみんなブランシュに仕事を押しつけていたのね？　大変だったでしょう」

第三聖女に睨まれて、第五聖女やキトリーは小さくなっている。

「……私たち、あなたに甘えていたわね。ごめんなさい」

聖女たちから口々にそう言われ、みんな自分だけが楽をしようとしてブランシュに仕事を押しつけていたわけではないと、思えてきた。

「いいえ。私も無理な時は無理だと言えばよかったんです」

キトリーのようにはっきりと自分の主張を言えていたら、押しつけられることもなかっただろう。

「リシュアン神はすべてお見通しだったのかもしれないわね。だからブランシュに別のお役目を与えたのだわ。きっと」

そう言うと、第二聖女は慈しみを込めた目でブランシュを見つめる。

「ブランシュ、あなたは私たちにはない役目を与えられました。与えられた場所で、しっかり頑張りなさい？」

第二聖女だけでなく、六聖女全員が優しい眼差し（まなざし）をブランシュに向ける。

「はい。お役目、頑張ってまいりますわ」

最後の最後で、ブランシュは晴れやかな気持ちになった。

神殿にいた日々、こき使われてきたと思っていたけれど、彼女たちには彼女たちなりの優しさがあった。

（自分の気持ちを偽らずに伝えるのって、大切なことなんだわ。伝え方は難しいけれど、最初からあきらめていては駄目なのね）

＊　＊　＊

タウンハウスに戻ったオレールは頭をかかえていた。

「彼女を迎える準備をしなければ。時間もないのに、なんとかなるだろうか」

苦悩する主人を、レジスが励ますように肩を叩く。

「心配することはありませんよ。お嫁さんを迎えることになったと、執事長のシプリアン様に伝えれば、よきに計らってくれますって」

「好きに準備するだけの金も、うちにはないじゃないか」

「あるものでなんとかしてくれますって。それに、あの聖女のお嬢さん、ずいぶんいい子そうでしたよ。多少貧乏屋敷を見せられたところで、文句なんて言わないんじゃないですかね」

「そうか？　幻滅されるんじゃないか？」

「そうであっても、神託による結婚ですよ。あちらだって引くに引けません。オレール様だって、放っておいたら一生独身のタイプなのですから、よかったじゃありませんか」

レジスが無責任に罰当たりなことを言う。

「はあ……」

ため息と共に、彼女のことを思い出し、オレールは髪をかきむしる。

今日も聖女は変わらず美しかった。控えめに微笑み、周囲に気を配る。それでいて必要なことはしっかりと言う芯の強さを感じさせた。

礼拝堂で参拝者として見ていた時と違い、近くで多くの表情を見られるようになった今、オレールは急速に彼女に惹かれていた。

「彼女は……俺と一緒になって、幸せになれるのか？　領地の立て直しはこれからだっていうのに」

「さあ。悩んだって仕方ないじゃないですか。聖女の嫁入りは決まったことですよ。シプリアン様に報告することは、ほかにはありませんか？」

「いや、任せる。……悪いな、助かる。ありがとう」

気の利く側近に礼を言うと、レジスは気をよくしたように笑った。

「すべて俺に任せてくださいよぉ！」

「そこまでは言っていない」

レジスの両親が屋敷に勤めていたこともあって、彼とは幼なじみのような間柄だ。年は二歳上の二十六歳で、兄よりもひとつ下だ。タイプの違う兄弟の調停役のようなことも務めてくれていた。

「なあ、レジスは兄上の失踪の理由って知らないのか？　ずっと一緒にいたんだろ？」

兄の話になると、基本的に笑顔のレジスの顔が少し曇る。それもこの数週間でわかったことだ。

「……ダミアン様は、ないものねだりですし、自分を過信しすぎなのです。自領で満たされなかったものが、外にならあるとでも思っていたのでしょう。それでも、外の世界を知れば、満足して二年くらいで帰ってくると思っていました。でも、戻られなかったのですから、オレール様が領主になられるので正解なんです」

そっけない言い方が、胸に引っかかる。

「だが、兄上の方が領民に好かれていただろう？」

「あの方は人当たりがいいから。でも、あなたにはあなたのよさがあります。俺は、オレール様の側近になれてうれしいんですよ」

ぽんと肩を叩いて、レジスは微笑んだ。

オレールにとって、騎士団での生活は性に合っていた。仲間ともそれなりにいい関係を築いていたし、やった努力がしっかり結果となって返ってくるのでストレスもなかった。

なにより、上層部に認められ、第三騎士団副団長まで務めることができたのは、オレールの自信にもなっていた。それだけに、事情を話すとすぐに退団の手続きが進められたことには、ひそかに落ち込んでいた。

（まあ、引き留められても困るが、あっさり了承されたらされたで寂しいもんだ）

二番目としてなにも期待されずに生きてきたオレールは、人間関係においてどこか冷めたところがある。

一日も経つと、副団長も結局は役職のひとつにすぎず、代わりはいくらでもいるのだから当然のことだと、考え直した。

（世の中には俺だけにしかできないことなど、そうそうない。だが、くしくも今はひとつだけある。ダヤン辺境伯領を治め繁栄させること。今俺がすべきことはそれだ）

オレールは改めて、辺境伯として生きる決意を固めた。でも実際には、目の前にやることが山積みで、それを処理していくのに精いっぱいなのだが。

「結婚なんて……している場合じゃないんだがなぁ。」

オレールの独り言は、煙のように巻き上がり空気に溶けていった。

いざ、ダヤン領へ

オレールが領地に戻るのに合わせて、ブランシュは神殿を出ることになった。

慌てて整えた旅支度は、かばんひとつという少なさだ。聖女は基本的に支給された服を着ているので、服などは、慌てて昨日既製品を購入してきたのである。

「これで、いいかしら」

かばんの口を閉めて息をつくと、ルネが膝に乗ってきた。

「ルネ？　どうしたの？」

《僕も行こうと思って》

「いいの？　あなたは世界を見守るために中央神殿にいなきゃいけないんじゃないの？」

疑問をそのまま口にすると、ルネは首の代わりに尻尾を振った。

《水晶があるところなら管理はできるから、大丈夫。今は君の頭の中の方に興味があるからさ。連れていってよ》

「私の頭の中を覗けるのでしょう？　それがすべてでしょ」

《君が思い出さなければ、見えないんだよ。まあ、反対したところでついていくさ》

「オレール様に怒られなければいいけど」

なにを言っても聞いてくれそうにないので、オレールが許可してくれることを祈るばかりだ。

「さあ、リシュアン様ともお別れをしてきましょう」

《リシュアンとは辺境伯家の水晶でも話せるよ》

「いいのよ。ここでは最後になるんだもの、けじめよ」

水晶の間に、ほかに人はいなかった。ブランシュはやわらかい布で、いつもするように水晶の表面を磨き上げる。

「リシュアン様、ありがとう。私、第二の人生を歩みます」

《ブランシュ、……またな》

水晶が虹色に光る。きっと祝福のつもりなのだろう。

「ブランシュ、ここにいたのね。用意はできたかい？」

ドロテが腰を押さえながらやって来た。

「はい、なんとか。ドロテ様にはこの四年間ずっとお世話になりっぱなしで、ありがとうございました」

「なにを言っているの。あなたの聖力の強さに助けられてきましたとも。ブランシュ、辺境伯家に行っても、リシュアン神を敬い、祈りをささげることは怠らぬよう」

「もちろんです」

やがてほかの聖女たちもやって来る。皆、ブランシュとの別れを惜しんでくれたが、その中でも特に、キトリーは涙目で抱きついてきた。

「ブランシュ、本当に行っちゃうのね」

「キトリー様、元気でいてくださいね」

「どうかしら。また一番下っ端になってしまうもの。気苦労で倒れちゃうかもしれないわ」

キトリーに限ってそんなことはないとも思うが、ブランシュは頷いておく。

「では、心配だから手紙を出しますね。お返事をいただけますか?」

「ええ。いいわよ。手紙で愚痴らせてね」

はっきりと物を言うが、悪い人間ではないのだ。

「ブランシュ、新しい土地でも笑顔で頑張りなさい。いつか、私が祝福に駆けつける日がくるといいのだがね」

「……ありがとうございます」

ドロテなりのはなむけの言葉に、ブランシュは神妙な面持ちで頭を下げる。

そこへ、神殿長がやって来た。

「ブランシュ、ここにいたのか。お迎えが来ているぞ」

「あ、はい。今行きます」

神殿の入り口には、オレールたちの一行が待ちかまえていた。オレールとレジス、護衛ふたりは馬に乗っており、御者をふたり乗せた家紋入りの馬車がうしろに控えている。

「オレール様、これからよろしくお願いいたします」

オレールは頷くと、そっけなくうしろの馬車を示した。

「君用に馬車を用意した。これに乗るといい」

「ありがとうございます。あと、ひとつお願いがあるのです。この猫を連れていってもいいでしょうか」

ルネを見せると、オレールの眉根が寄った。

「猫か」

「面倒は私がしっかり見ます。ご迷惑にはならないようにしますから」

ブランシュは必死に訴える。ここでルネを置いていったところで、絶対勝手についてくるに決まっているのだ。後々面倒なことになる前に、ちゃんと言質を取っておかねばならない。

ジーッと見つめていると、オレールがふっと目をそらした。そして、ぼそりとつぶやく。

「君の慰めになるのならばいいだろう」

オレールは動物が苦手なのか、少し引き気味だったが、受け入れてくれるようだ。

ブランシュはほっとして笑顔になる。

「よろしくお願いします」

こうして、ブランシュは神殿から旅立った。聖女の資格を持つ者が、中央神殿を出たという前例はなく、ブランシュが初めての嫁入りする聖女となる。

これから自分がどういう名で呼ばれるのかわからないけれど、胸の内にあるのはわくわくした気持ちだった。

王都を出てから二日が経った。王都は民家が多く、街道も綺麗に整備されていたが、一日も経つと、馬車がガタガタ揺れるような粗い道へと変わった。周囲に見える景色は緑が多くなり、あまりに景色が変わらないので、どのくらい進んだのかもわからないくらいだ。

オレールは、ブランシュを気遣ってか、夕方には宿を取ってくれた。護衛たちは野営をしているのに、ブランシュにはひとり部屋が与えられるので、申し訳ない気持ちでいっぱいになる。

オレールにお礼と申し訳ない気持ちを伝えてみたが、「ああ」と言うだけなので、昼休憩の際に、思いきってレジスに向かって、金銭面で大変ではないのか聞いてみる。

「お気になさることはありませんよ。神託による結婚ですから、神殿から支度金が出されています。本来の結婚であれば、男性側が出さなければならないものですので、こちらとしては助かっているんですよ」

あけすけに事情を説明され、ブランシュは少しほっとした。

「よかった」

《神殿長も粋なことをするもんだね》

ルネはブランシュの脳内に語りかけつつ、レジスには「にゃあ」と鳴いてみせる。

レジスは目を細めてルネの頭を撫でた。

「猫ちゃん、かわいいですよねぇ。白い毛並みもふわふわで。田舎の方では混血種ばかりで、ぶちの猫が多いんですよ。この子は純血種なのですか？」

「どうなのかしら。神殿にいつの間にか迷い込んできた猫なんです。懐いてくれたから、私が世話をすることにしたんです」

「そうなのですか。さすが、お優しいですね。ねっ、オレール様！」

テーブルの向かいに座るオレールに、レジスが同意を求める。

「あ、ああ。そうだな」

簡素な返事の後は、黙り込んでしまう。

（き、気まずいわ）

ブランシュに対して、聖女へ向けた礼儀は尽くしてくれる。質問に対する返答なんかは、よどみなく話すようだ。けれど、こうした雑談には参加してくれない。とてもじゃないが、結婚相手への理解を深めようとしているようには見えない。

（まあ、仕方ないか。話してくれるだけマシなのかしら）

もともと結婚には引き気味のオレールだ。でも歩み寄りくらいは見せてくれても……と思ってしまう。

三日目の日が暮れてゆく頃、先に馬を走らせ今宵の宿を探していた護衛兵が戻ってくる。

「オレール様、この先しばらくは宿がありません。民家も少なく、このまま進むと、次の街へ入るのは夜中になってしまいます」

「そうか。では戻った方がいいか。先ほど休憩した街なら、一時間もあれば戻れるだろう」

　その会話が、ブランシュの馬車にも聞こえてきた。慌てて、馬車の小窓から話しかける。

「オレール様、私、野営でも平気です」

「しかし」

　オレールの眉根が不機嫌そうに寄る。そんな顔をされるのは悲しいが、自分のせいで、オレールだけでなくみんなに無駄な労力をかけるのはもっと嫌だった。

「テントをひとつ貸してくだされば大丈夫です。いいからこのまま進みましょう」

「しかし……。レジス、なにかいい手はないか？」

　レジスは、オレールの仏頂面とブランシュの必死の顔を見比べると、にこりと笑った。

「テントの数は足りていますし、ブランシュ様のおっしゃる通り、野営でいいんじゃありませんか？　これからダヤン領に入れば、ますます宿も少なくなるじゃないですか。いつもうまく宿を取れるとも限りませんし。慣れていただくことも必要かと」

「こんなか細い女性に野営なんてできるか！」

決めつけられて、ブランシュはつい虚勢を張ってしまう。

「できます！　証明してみせますから、今日は野営しましょう！」

「なっ……」

言い返されると思っていなかったのか、オレールは目を見開いて口をパクパクとさせた。

「そうそう。心配なら、オレール様の分の毛布も追加で貸してあげればいいんですよ」

レジスが駄目押しのようにそう言い、ブランシュも頷く。

「……っ、まったく、後悔しても知らないぞ！」

突き放したようにそう言い、オレールは隊列の前に戻る。

《怒らせてよかったのか？》

ルネがあきれたように言う。ブランシュは彼をぎゅっと抱きしめて自分に言い聞かせるようにつぶやく。

「それでも、……お客さん扱いよりはマシよ」

やがて、馬車が停まる。どうやら野営地に着いたようだ。

ブランシュは自分から馬車を降りて周囲を見渡す。そこは大きな川の近くだった。橋がかけられていて、今日はその下の河川敷で野営をするつもりのようだ。

「一番奥に聖女様のテントを張るんだ。服でもなんでも積み上げて、寝るところがやわらかくなるようにしてくれ」

オレールが皆に指示を出していた。ブランシュが近くまで忍び寄ると、振り向いた彼と目が合う。

「うわっ」

「あの、私もなにかお手伝いしたいです」

「大丈夫だから、おとなしくしていてくれ」

オレールは迷惑そうに言うが、このままお荷物扱いなのは落ち着かない。

「水を汲むとか、食事を作るとか、私にもできることがあるはずです。人は助け合って生きるものだと私は教えられてきました。それともオレール様は、私にただ飾られているだけの人形になれというのですか？」

「……っ」

ブランシュの指摘に、オレールはバツの悪そうな顔をした。

「それは……その」

「私は役立たずのままでいたくはありません。力はなくとも皆さんの食事のお手伝いくらいできます。私も仲間の一員として扱ってください」

ブランシュが言うと、オレールは見るからにしょげてしまった。

（……あら？　思ったのと違う反応）

生意気を言うなと、怒られるかと思ったのだ。

「……悪かった」

オレールはそれだけを言い、手招きでレジスを呼びつけた。

「聖女様が動きやすいよう、取り計らってやってくれ」

レジスはオレールとブランシュを見比べると、「はい」と答えて、ブランシュに笑顔を向けた。

結局、ブランシュの担当は調理となる。水を汲んで、携帯食として固く焼いたパンと塩漬け肉があるので、煮込んでやわらかくして食べるらしい。

「湧水はありませんよね。川水で大丈夫でしょうか」

「沸かせば問題ないと思います。それよりブランシュ様、思ったより力がありますね」

両手に水を入れたバケツを持っているブランシュに、レジスが感心したように言う。

「聖女の仕事は、皆さんが思っているよりいろいろあります。下働きのような仕事はいつもやっているんですよ」

「なるほど。我々も認識を改めなければということですね」

「ぜひ。特にオレール様に」

ブランシュが思わず言うと、レジスは笑いだした。

「オレール様のあれは、ただ過保護なだけだと思いますよ。ブランシュ様を大切にしたいという気持ちの表れです。ブランシュ様のご意向にそぐわないのは私にはわかっていますが、我が君の気持ちは誤解なさらないでくださいね」

レジスの話し方は優しく、ブランシュの胸にすっと入ってくる。

（大事にしようと、思ってくれたのかしら）

テントを張る者、火をおこす者、それぞれに次々指示を出すオレールに目をやると、一瞬目が合った。しかし彼はすぐにそらしてしまう。

（……好かれているようには思えないけど）

ブランシュはため息をついて、石を組んで作ったかまどの方へと行く。

「火はおこせましたか？」

「聖女様！　ええ。この通り」

「では鍋に水を入れましょう」

その後は、レジスと共に干し肉のスープ作りに精を出した。

いい匂いが周囲に漂い、ブランシュは器によそってひとりひとりに配る。

皆が火を囲むように円になって座っていたので、ブランシュはオレールの隣の大きめな石に腰かけ、膝にルネをのせた。

すでに皆食べ始めていたので、ブランシュは小さな声で簡単な祈りの言葉をつぶやき、食事を始める。

スープは簡単なものだが、体が温まり、一緒にいた護衛兵たちにも感謝され、うれしくなる。

「聖女様、讃美歌を聞かせてくださいませんか？」

調子に乗った護衛兵のひとりが言い、やがて皆の期待の眼差しがブランシュに注がれる。

「君が嫌なら無理することはない」

隣に座っていたオレールはそっけなく言ったが、讃美歌で皆の気持ちがつながるなら安いものだ。

「では、一曲だけ」

オルガンの演奏もない状態で、出す声は少し震える。

（でも、気持ちいいわ）

ブランシュの歌声が、風に乗る。脳内にルネが一緒に歌う声も聞こえてきた。

気がつけば護衛兵の何人かも、一緒に歌ってくれている。

前に、ルネがこの国は信仰心によって団結していると言ったが、それはこういうことなのだろう。讃美歌ひとつで一体感が生まれ、心が満たされる。

「へぇっ、こんなところに女だ」

橋の方から声が聞こえ、ブランシュは驚く。オレールが剣を抜き、ブランシュを守るように抱き込んだ。

「誰だ！」

「騎士さんもいるのかよ。おい、やれ」

次の瞬間、矢が野営地めがけて飛んでくる。ブランシュが恐怖で目をつぶると、カンと硬質な音が響く。オレールが、剣で矢をはじいてくれたようだ。

「危ないから、絶対に離れるな」

耳もとでささやかれて、恐る恐る目を開ける。オレールの前に護衛兵たちが壁になるように立っていた。橋の上からの攻撃は、やむことはない。

「オレール様、あれは？」

「おそらくは山賊だろうな。金目のものがないか見に来たんだろう」

（私が歌ったから……）

「動くぞ」

ブランシュが自己嫌悪に陥る暇もなく、オレールは彼女を抱いたまま、橋の下のテントの方へ向かった。同時に非戦闘員であるレジスと御者のふたりも移動する。

「逃げるぞ、追え！」

声が響き渡り、半数ほどの山賊が河原の方へ駆け下りてくる。

「危ない、オレール様！」

レジスの声に、オレールはブランシュを抱いたまま、体を反転させた。先ほどまでいた場所に矢が落ちている。

「大丈夫ですか、オレール様」

「平気だ。いいから自分を守るんだ」

鉄のようなにおいがして、見れば、矢がかすめたのかオレールの腕から血が出ている。

「大変！」

「大丈夫だって。レジス！」

「はっ」

「聖女様を守れ、なにがあってもだ」

「もちろんです！」

ブランシュはオレールの手からレジスに委ねられ、彼に守られながら、テントに押し込められた。

「ここなら、矢が飛んできてもシートで遮ることができますからね」

レジスがブランシュを落ち着かせようと言ってくれたが、ブランシュは気が気ではない。

「オレール様、怪我をしていたわ。どうしましょう」

声が震えて、涙も浮かんでくる。

「大丈夫ですよ。言ったでしょう？　オレール様は第三騎士団で、副団長まで務めたお方。山賊程度には負けはしません」

「でも！」

いた。

「では、ご覧ください。そろそろ形勢が変わる頃です」

レジスはテントのシートをめくる。そこには、先ほどまでとは違う光景が広がっていた。

弓矢による攻撃に防戦一方だったはずのオレールや護衛兵たちは、追ってきた山賊たちを攻め立てていた。

「……いつの間に」

「オレール様ひとり加われば、あっという間に退治してくださいますよ」

「すごい……」

剣の打ち合う音が響き、やがて少なくなっていく。

「くそっ、撤退だ！」

おそらくは山賊の頭がそれを発し、山の方へと消えていく。

「追わなくていい」

オレールはそう言うと、一目散にテントに戻ってきて、ブランシュを見た。

「大丈夫か？　怖い思いをさせて悪かった」

「そんなことより、怪我！　怪我の手当てをさせてください」

「ああ、これは大したことはない」

「大したことがなくてもです！」

ブランシュは手持ちの道具で傷口を消毒し、包帯を巻く。巻いている間に気が抜けてきて、涙が出てきた。

「ど、どうした。やはり怖かったのか？」

オレールが戸惑いがちに尋ねる。

「あ、あなたが怪我をしたのが、一番怖かった……っ」

涙が止まらない。困らせてしまうと焦りながらも、嗚咽をこらえることができない。

「……だから野営は危ないって言ったんだ」

オレールの手が、ブランシュの頭のうしろを押さえる。胸に顔が押しつけられ、汗のにおいが鼻をかすめる。

先ほども抱きかかえられたが、今は危険があるわけではない。この手が、ブランシュを慰められるために伸ばされたのだとわかる。

「君が無事でよかった。……ブランシュ」

（名前……初めて呼ばれた……）

涙腺が緩んでいる時に、名前まで呼ばれたら、泣かずにいられるわけがない。

「うっ……えっ、た、助けてくれて、ありがとうございます。それと、ごめんなさい」

「なぜ謝る？」

「私が讃美歌を歌ったから、……きっとあの声で山賊を呼んでしまったんですよね？」

ブランシュは自分が皆を危険にさらしてしまったのだと思うと、とても悲しかった。

「そんなの、君のせいじゃないだろう。ねだったのは護衛兵たちだし、俺も聞きたかった」

「でも、危険な目に遭わせてしまいました。ごめっ、……ごめんなさい」

声を殺して泣くブランシュの背中を、オレールの手が戸惑いがちに撫でる。

「俺にとって、この程度の怪我は日常茶飯事だ。護衛兵たちだって、荒事には慣れている。それより君に泣かれる方がよっぽど……」

「にゃ」

そこへ、ぴょこりとルネが顔を出す。ブランシュは驚いて、オレールからぱっと離れた。

「ルネ！　今までどこにいたの？」

《危ないから思念体になっていた》

こっちは命の危険にさらされていたというのに、なんて気楽な猫だろう。

「まったくもう、無事でよかったわ」

本心で言えば、ルネは少し変な顔をした。

《怒るかと思った。私を置いて逃げたのねーって》

(私のせいで死なれるよりましよ)

《僕が死ぬことはないけどね》

ルネと話しているうちに、ブランシュの涙も止まった。

オレールはその様子を見て一歩下がる。

「猫も戻ってきたから落ち着いたか? ひとりは怖いかもしれないが、あいにく女性の付添人もいない。今日はその猫と寝てくれるか?」

「ええ」

「付添人を雇わなかったのは俺の落ち度だ。すまないな。領地に戻ったら、すぐに侍女を任命しよう」

「ありがとうございます」

「なにかあれば、すぐ呼んでくれ」

オレールがテントを出ていき、入れ替わりのように、レジスが中を整えにやって来る。

「宿のベッドと違って寝にくいでしょうが、今日だけ我慢してくださいね」

野営では、毛布にくるまっただけで眠る人もいるのに、ブランシュに与えられた寝床は、下に多くの布を敷きつめ、上からシーツがかけられた立派なものだ。

もちろん、きちんとしたベッドに比べれば、下の石のごつごつ感が伝わってくるが、寝られないほどではない。

夜は寒い時季だが、耐風素材を使っているのか、テント内は普通に温かい。

「……温かいわ」

毛布にくるまり、ブランシュはそこに横になる。

《オレールって強いんだな。山賊のほとんどをあいつが倒していたぞ》

思念体で見ていたのだろう。ルネは詳しく戦闘の状況を教えてくれる。

「そうね。びっくりしたけど、オレール様は格好よかったわ」

ずっと不機嫌そうだったのに、守ろうとしてくれた。無事を喜んでくれた。

「……思っているより、嫌われてはいないのかもしれないわ」

それに、ほっとしている自分にも気づいた。

ルネがブランシュに寄り添うように、毛布の中に入ってくる。

その温かさにほっとして、だんだんまぶたが重くなってきた。


「大丈夫です」

次にブランシュが目を開けたのは、空が白んだ頃だ。ルネは丸まって寝息を立てている。

(私、寝ちゃったんだ)

あんな目に遭っても熟睡できる自分の図太さに驚きながら、ブランシュは外に出た。

「……えっ?」

そこに、オレールが座っていた。けれど特になんの反応もない。恐る恐る見ると、どうやら座ったまま眠っているようだ。

「……冷たい」

頬に触れて、ブランシュは思わず口に出してしまった。その感触と声で、オレールが目を開ける。

「ブランシュ……」

「オレール様、体が冷えてしまいます」

「無事だな、よかった」

そのまま、オレールは再び目を閉じる。寝ぼけていたのだとわかるまで、ブランシュの心臓は落ち着きを取り戻せなかった。

（……なんだか調子がくるうわ）

ブランシュはテントに戻り、毛布を持ってきて彼の体に巻きつける。

そして、次に彼が目覚めるまで、そばで彼が倒れないように見張っていたのだった。


さらに二日の行程を経て、ダヤン領目前というところまで来た。

直前の休憩で、オレールはブランシュを呼び止める。

「ブランシュ殿、話がある」

野営の日から、オレールはブランシュを名前で呼んでくれるようになった。焦っている時は呼び捨てにしてくれるが、基本は『殿』という敬称をつけて呼ばれる。

「もうじきダヤン領に入る。領地の現状について、君がどのくらい知っているかはわからないが、どうか領民に驚いた顔は見せないでほしい」

「それは、どういう……」

それきり、オレールは黙ってしまった。意図が掴めず、ブランシュはオロオロとしたが、すぐに出発となってしまってそれ以上を聞くことはできなかった。

「ブランシュ様、ダヤン領に入りますよ」

馬車の外から、レジスの声がする。ブランシュは小窓から外を眺めた。

ほかのところと変わらず、木々が生い茂っている。

「驚くところなんてあるかしら、ルネ」

《そんな馬車の窓から見られる景色程度でわかるわけがないだろ。そもそも、ブランシュはダヤン領のことはどのくらい知っているんだ？》

「……どのくらい……いや、なにも知らないわ。そういえば」

慌ただしく結婚が決まってからも、自分の嫁ぐ領地のことを調べようなどとは思わなかった。

（思えばだいぶ失礼ね、私）

「ルネが知っていること、教えてくれる？」

反省し、素直に教えを請うと、ルネは「にゃあ」と鳴いて、得意げに鼻を上げた。

《いいよ。じゃあまずは地理的なところからかな。エグザグラム国って、空から眺めれば六芒星（ろくぼうせい）の形をしているんだ》

ルネは尻尾で六芒星を描く。

《ダヤン領はその書き出しの地ともいわれる、北西の一帯を領土としているんだ。エグザグラム国を結界で覆ったのは、戦争で多く失われてしまった魔素——これは生命エネルギーみたいなものなんだけど——がこれ以上なくならないよう、国内で循環さ

せるためだ》

「じゃあ、結界の外ってどうなっているの？」

《魔素が足りないから、作物も実らない。岩場が広がっているだけだよ。千年かかっても、田畑をつくるほどの回復はできなかったんだ》

ということは、エグザグラム国の国境は世界の果てと同じことだ。

やがて民家が数十軒点在している小さな街に入る。

「活気は……なさそうね」

畑があり、働いている人が見える。市は開いているものの、人は少ない。

「あの……」

ブランシュは窓を開けて呼びかけた。

「どうかされましたか？」

すぐさま、馬を寄せてくれたのはレジスだ。

「ここでは休憩はしないのですか？」

「申し訳ありません。ここは小さな街で、この人数が休めるような施設はありません。もう少し先に進んでからですね」

「そうですか」

ブランシュは馬車の座席に座り直し、再びルネと話す。
「ルネ、どう思う？」
《辺境地は国の果てになるからどうしても寂れていくんだ》
それはブランシュにもわかる。前世の記憶からもわかるが、栄える場所は交通の便がいい。人が行き交うことにより、物も集まり、知恵も生まれるからだ。
《その中でも、ダヤン領はちょっとひどいな。領主がちゃんと対応していなかったんじゃないか？》
「ちゃんと？　そもそも領主の仕事って……」
領民から税を取り、それを国に納めるほかに、領土の管理をするものなのだと漠然とは理解しているが、管理といってもなにをすればいいものなのかわからない。
《産業の保護や、交通路の整備、不作の際などの支援なんかだろうな。ダヤン領は三年ほど前に伝染病がはやったことがあったはずだ。リシュアンが、南のマール領で採れる薬草で治ると伝えた時があったろう》
「ああ、そんな神託もありましたね」
《実際、それで薬は作れたが、流通に時間がかかって、ダヤン領は結構なダメージを受けたはずだ。三年も経っているのに、ここまで復興していないとは思わなかったけ

ど》

「そうなの……」

これが、オレールの言った『驚く』という言葉の中身なのだろうか。

次に着いた大きめの街で休憩が取られたが、市を覗いてみても物資は少なく、新鮮ではない。人々はどこか暗い顔をしていて、オレールが領主だということにも気づいていなさそうだ。

休憩後、オレールがブランシュの乗る馬車へ乗り込んできた。

「オレール様、馬は？」

「交代した。少し君と話がしたくて」

無口な彼の歩み寄りに、ブランシュはドキリとする。ルネを膝にのせて、「どうぞ」と場所を空けると、彼は迷うことなく向かいに腰かけた。

しばらく一緒に窓の外の景色を見たのち、「どう思った？」とおもむろに切り出す。

「このあたりには、耕作放棄地がちらほら見られますね」

「そうだ。三年前に伝染病がはやって、領民が一気に減った。そのため、どの街も人手不足のままだ。不作の時ほど、領主の采配で支援してやらねばならなかったのだろうが、ちょうど兄が行方不明になったあたりで、父も心労から体調を崩してしまったらしい。具体的な支援ができなかったと聞いている」

「そうなんですか」

「まあそんなの、領民にしてみればただの言い訳だ。ダヤン辺境伯家が領民への支援を怠った結果がこれだ。ここ三年、この領での生活に見切りをつけ、王都に出ていく者は後を絶たない」

そのひと言には、悔しさのようなものがにじんでいた。

(彼は、悔やんでいるのね)

「その時、オレール様はどこに」

「俺は王都で騎士団に所属していた。恥ずかしながら、ダヤン領がこんなことになっているなんて、知らなかったんだ」

憂いを帯びたその表情から、彼がひどく責任を感じていることがうかがえる。

「領主となったからには、この状況を改善していかなければならない。だが、手の施しようがないところまできていると感じてはいる」

苦悩する姿からは、領民に寄り添おうとしている姿勢が見られた。

(どうしよう。力になってあげたいけど)

しかし、ブランシュも領地運営について詳しいわけではない。

前世で言うところの自治体運営を想像すればいいのかもしれないが、一市民だったのでそれほど詳しくもない。

「ダヤン領の特産はなんなのですか？」

「麦と米を作っているが、もともと、ダヤン領は山間部にあり、農地は少ない」

「収穫量が少ないということですか？」

「そうだ。一時は林業で栄えたが、伝染病がはやった際に山に入れる者が減り、整備できなかった山は荒れ、今は木の切り出しにも苦労していると聞く」

であれば、再び林業を盛り上げるというわけにもいかないのだろうか。

「辺境伯家ということで王家から支援金はいただいているが、それだけで自領を賄える状態ではない。ただでさえ王都から距離があり、最果ての地だ。交通の要所にはなり得ない。せめて観光資源でもあれば、ここを目的地として人が来てくれるのだろうが」

「観光資源……」

ダヤン領でなければないものとはなんだろう。神の水晶は王都と辺境伯家にしかないが、まさか聖遺物を見世物にするわけにもいかない。

（問題だらけってわけなのね。ああそうか、だからオレール様は結婚に消極的なのか）

　これだけ、処理すべき問題が山積みなのだ。結婚どころではないだろう。しかも本来彼は、領主になる予定ではない次男なのだから。

（でも逃げずに立ち向かおうとしているのは、すごいと思う。私も、なんとかして、お役に立ちたいけれど……）

《リシュアンに聞いてみれば？　辺境伯家の水晶を使えば、会話できるはずだよ》

　ルネの声が頭に響く。

「そうね！」

「ど、どうした？」

　突然大きな声を出したブランシュをオレールは怪訝そうな顔で見る。

「あ、……すみません。思わず。えへへ」

　しどろもどろになりつつ、ごまかすように外を見た。

　今通っているのは、小麦の栽培地だ。人々が畑の草を抜いたり見回ったりと手入れをしている。

（みんな、領主が乗った馬車に少しの興味も示していない）

　オレールはオレールで、難しい表情で自分の膝を眺めている。

　それに、ブランシュは少しだけ違和感を覚える。

「……オレール様は、領土の視察をなさったことは？」

「いや。領主になったばかりで、領土を巡ることすらできていない」

「先代はいかがですか？　最後に視察されたのがいつか、ご存じですか？」

「数年、寝込んでいたから、少なくともこの三年間はないだろうな」

ここまで領土内を巡って、領民と領主の間に距離があるように感じたのは、そのせいかもしれない。

「あの……、落ち着いたら、領土内を見回ってみたいです」

「すまない。伯爵家とはいえ、我が領の経済状況では、ゆっくり旅行をしている余裕は……」

「そうではなく、視察がしたいんです。領民の暮らしを知れば、改善すべきことがわかるかもしれないと思って」

ブランシュの言葉に、オレールは驚いたように瞬きをした。

「だから、一緒に見に行きませんか」

オレールにはきっと、かかえている課題が多すぎるのだ。

だから、こんなにも領民のためを思っているのに、領民ひとりひとりのことは見えていない。見えていないから、知らないのだ。彼らが本当はなにを望んでいるかを。

「……さすがは聖女様だな、もうそんなことまで考えてくれているのか……わかった。約束しよう」

照れたようにそっぽを向き、オレールが独りごちる。

「それと、私のことはそんなに心配しないでください。神殿の暮らしは質素なものでしたし、毎日の食べるものと着るものがあれば、あとは好きに生活しますから」

どちらかというと、欲しいのは自由だ。とはいえ、役立たずの婚約者でいることは、ブランシュの精神衛生上よくない。

(私にできることは、必ずあるはずだわ)

「私にも一緒に頑張らせてください」

「ああ。ありがとう」

ブランシュの励ましに、オレールは口もとを緩める。

(ああ、笑うとこんな感じなんだ)

怖い印象が強い彼だが、笑った顔はかわいくも思えた。

そんな彼を知ることが、ブランシュにはうれしくもあったのだ。

＊　＊　＊

オレールの屋敷のあるマラブルはダヤン領で一番大きな街だ。

そこに入る直前に、オレールは馬車から降り、馬へと乗り変えた。

ブランシュとの話し合いで、オレールは状況改善の糸口が見つかる気がしてきて、励まされた。

(さすがは聖女様だ。気遣いができて、誰に対しても親身になってくれる)

オレールは、彼女が眩しくてたまらない。

マラブルに入った時はすでに夕刻に近く、市は終わっていたが、行き交う人は多く、家紋入りの馬車を見つけると、足を止めて手を振る者もいた。

「なんだ？　にぎやかだな」

領民たちは、オレールが跡を継ぐことに対して、そこまで好意的ではなかった。馬車が通るからといって手を振るようなことも、辺境伯の交代を告げるために王都に向かう時にはなかったことだ。

予想外の歓迎を不思議がっていると、レジスが馬を寄せてきた。

「聖女様を迎えるという話が広まっているんだと思います」

「は？」

「俺、シプリアン様に早馬で伝えましたもん。あの方がそれを使わないわけはないと思いますよ。生活に疲れた領民にとって、聖女が領主の嫁になるなんて、最高の娯楽じゃないですか」

改めて周囲を見回すと、領民たちの視線はオレールではなく馬車に向けられている。期待を込めたその眼差しに、彼女がどう思うかと考えれば、頭が痛くなってくる。

「……やられた」

「でも事実でしょう？　神託により、聖女様が我が領へと嫁いでこられるのです。これを喜ばずしてどうするんですか」

「もういい。黙ってろ」

馬車の中で、彼女がどんな表情をしているか考えるだけで、気が重くなってくる。自由を求めてこの神託を喜んでいた彼女が、ここでも聖女としての役割を求められていると知ったら、どれだけショックを受けるだろう。

「とにかく屋敷に着いたら話をしよう」

「では、私は少し先に行って準備をしてまいります」

レジスが馬を早めた。

周囲の「聖女様ー」という呼び声はだんだん大きくなっていて、困惑した表情のブランシュが、手を振っているのが見える。

（……ああもう。俺はどうすればいいんだ）

「領主様。おめでとうございます」

領民にぎこちない笑顔を向けながら、オレールはひとり、途方に暮れていた。

＊　＊　＊

ブランシュは戸惑っていた。

（ど、どうしてこんなに歓迎されるの？）

田舎とは一転、街の領民たちは馬車を見るなり歓迎の意を示した。しかも、ブランシュが聖女であることを知っているようだ。

「ル、ルネ。どうしよう」

《笑ってやればいいじゃないか。思惑はどうあれ、君のことを歓迎しているのは間違いないんだ》

「でも、私、こんなに期待されるとプレッシャーだわ」

《期待なんて、勝手にする奴が悪いんだから、失望されても気にしなきゃいい》

あまりにもはっきり言われて、ブランシュは呆気にとられる。ルネだって、かつては建国の賢者という大層なふたつ名をつけられているのだから、共感してくれてもいいのに。

「ルネ……メンタルが強すぎるよ」

《君が弱すぎるんじゃない？　それに君にはリシュアンの声を聞けるっていう特技があるんだ。それを使ってうまくやればいいじゃないか》

そう言われれば、少し気持ちが軽くなった。

「それも、そうね」

ガタンと馬車が停まる。そしてしばらく待つと、馬車の扉が開けられた。

「ブランシュ殿。着いたぞ。ここが屋敷だ」

オレールにエスコートされて、ブランシュは馬車から降り立つ。

街の中だというのに、草木の香りが強い。植えられている植物が持つ強い生命の力を感じた。

「すごい……」

「なにがだ？」

「生命の力を感じます」

オレールは不思議そうな顔をしたが、ブランシュはたしかに感じていた。

ここは自然が多く、生命のパワーが宿っている。

(この感覚、いつかも感じたことがある。……あそこに似ているのよ。前世の私が暮らしていた町)

田舎の町だった。過疎化が進んでいたけれど、良質な土壌があり、新鮮な作物が手に入りやすかった。

その一方で、山にイノシシやクマなどの害獣が出没することが問題になっていた。金網による柵もつくられたが追いつかず、増え続けるイノシシを駆除するのにもお金がかかる。そこで、イノシシの活用が盛んにうたわれていたのだ。

咲良が勤めていたのは、その意向を受けて建てられたジビエ料理店だった。一流の料理店で長年修行を重ねたシェフがオリジナルメニューを考案し、それが話題を呼んで一躍人気店となった。その結果、害獣の被害が抑えられるだけでなく、町は活気を取り戻していったのだ。

前世の記憶がよみがえると共に、ルネが尻尾をピンと立ててくる。

《おもしろそうな話だな。もっと聞かせてよ》

(勝手に聞いているんじゃないの)

ブランシュは心の中で答える。頭の中を覗かれているのはどうにも落ち着かない。

「こちらに、ブランシュ殿」

オレールから呼びかけられて、ブランシュは我に返る。

気づけば、屋敷の使用人がずらりと並んでブランシュを迎えていた。

「こちらが、神託により我がダヤン家に迎えることとなったブランシュ・アルベール殿だ。しかし我が家はまだ喪中のため、一年間は婚約者という形で滞在してもらうこととなった。皆、そのつもりでよろしく頼む」

「あ……ブランシュです。よろしくお願いいたします」

「初めまして奥様、私が執事長のシプリアンでございます。こっちがメイド長のデジレです。用があればなんでもお申しつけください。なにぶん急な話でございましたので、準備が行き届いておらず、お部屋の調度類もそろっておりません。今後時間をかけて、奥様のお好みのものをご用意できればと思っております」

「お、おくさ……」

言われ慣れない呼び名にドギマギしてしまう。

「結婚したわけじゃない。呼び方に気をつけろ」

「ですが」

「戸惑っているだろう」

オレールが言ってくれたおかげで、ふたりは顔を見合わせたのち、「ではブランシュ様と呼ばせていただきます」と言ってくれた。

室内に通され、改めて部屋の中を見回すと、歴史ある辺境伯家にしては、調度類はシンプルだ。中には売ったのであろうと推測できるような、大型家具の日焼けの跡が残った壁も見える。

だけど、清掃は行き届いていて、古ぼけた印象はあれども不潔な様子はない。

「とても綺麗にしていらっしゃるんですね。すごいわ」

ブランシュの言葉に、シプリアンとデジレは驚いたように目を見開く。

「ブランシュ様？」

「清掃がとても行き届いていて、さすが辺境伯家ですね。中央神殿でも、清掃が一番大事だと言われてきました。特に水晶の間はいつも丁寧に清掃をしていたんです。綺麗だとリシュアン様がお喜びになるんですよ」

周囲がわっと湧いた。

「で、では、やはりブランシュ様には、リシュアン神の声が聞こえるのですか？」

「はい。辺境伯家にも水晶があると聞きました。見せていただいてもいいですか？」

「もちろん！　……いいですよね、オレール様！」

「あ、ああ」

オレールを取り残して、使用人たちは聖女に群がり興奮している。

「こちらです、ブランシュ様」

シプリアンに連れられて、ブランシュは移動する。屋敷から、渡り廊下を伝って小神殿に行けるらしい。

敷地の中央に小神殿があり、屋敷はそれを囲むように建てられているようだ。渡り廊下は北、東、西の三ヵ所にあり、今は西側の渡り廊下から入る。

人がふたり並んで通れる程度の扉を開けると、廊下が続いていて、突き当たりにあるの扉を開けると三人座れる長椅子が二列五段で並んだ礼拝堂があった。

礼拝堂には四方に扉があり、南側の扉は神殿正面の入り口とつながり、西と東の扉は屋敷との渡り廊下につながっている。

北側は、本来は神の偶像が置かれ、参拝者の祈りが向けられる方向だが、ここには偶像がなく、代わりに大きなガラス窓があった。そこから、隣室に安置された水晶を見ることができる。

(わあ、ここでは一般の参拝者もガラス越しに水晶を見ることができるのね?)

中央神殿では、水晶を見られるのは、聖女か一定以上の階級の人間だけだった。この造りは、参拝者にはうれしいに違いない。

ガラス窓の近くに人ひとりが通れる程度の小さな扉があり、これが水晶の間への出入り口となるようだ。

「おや、シプリアン様。こちらが聖女様ですか？」

「ええ。セザール様。こちらが聖女ブランシュ・アルベール様です。ブランシュ様。こちらはこの小神殿を管理しておられる、セザール・シャイエ神官です」

「ブランシュ・アルベールと申します。どうぞよろしくお願いいたします」

セザールは垂れた細い目の人のよさそうな三十代くらいの男性だ。白を基調とした神官服に、ストラと呼ばれる紫の帯を首からかけている。薄茶の髪は短く、清潔感がある。

「聖女様をお迎えできるなんて、この上ない幸運です。どうぞよろしくお願いいたします」

「セザール様、ブランシュ様を水晶の間に入れて差し上げても？」

セザールは一瞬眉根を寄せたが、考え直したように微笑んだ。

「……そうですね。ほかならぬ聖女様です。リシュアン神にご挨拶いただくのが筋というものですね」

すぐに扉の鍵を取ってきて、水晶の間に入れてくれた。

中央神殿と比べれば小さな部屋だが、六角形の部屋の中央に台座があり、水晶が納められているところは同じだ。南側のガラス窓から、礼拝堂が見渡せる。

中央神殿にある大水晶と違い、ここの水晶は手のひらくらいの大きさだ。

ブランシュは恐る恐る水晶に触れ、口では聖句を読み上げながら、心の中でリシュアンへと呼びかける。

(リシュアン様、聞こえますか？　ブランシュです)

《ブランシュ！　無事に着いたか。よかった》

頭の中に声が響いてくる。同時に、水晶は淡い光を放った。

「おお、水晶が反応している。さすがは聖女様だ」

セザール神官には、神の声は聞こえていないようだ。ただ、ブランシュの祈りに反応した水晶を見て、興奮した声をあげる。

(またお話しできてうれしいです。これから、ここの清掃は私がしますね)

《ああ。またゆっくり話をしよう。困ったら相談に乗るからなんでも言うといいよ。ブランシュ》

(はい！)

水晶は薄ピンクの光を放出すると、微笑むブランシュの顔を照らす。

それを見ていたセザールは興奮した様子だ。

「ブ、ブランシュ様。もしや、神の声を聞かれたのですか？」

「はい！　リシュアン様は私が無事にここに着いたことを喜んでくださいました！」

「さすが聖女様！」

セザールの歓喜の声は礼拝堂にまで響き、ついてきていた使用人たちからも歓声があがった。

「これでダヤン領は安泰だ！」

周囲に喜ばれ、ブランシュは逆に焦る。礼拝堂に戻ると、あっという間に囲まれてしまった。

「え、あの、えっと」

オロオロしていると、後から追ってきたオレールが隣に来て肩に手を置いた。

「すまないな。どうも聖女の肩書が先行しているようだ。ダヤン領は数年来不作続きだから、少しでも希望が見えればすがりつきたいのだと思う」

「でもおかげで、オレール様の評価も上がったようですよ」

レジスがひょこりと顔を出して言う。

「聖女様をお迎えすることができるなんて……、領主がオレール様になってよかったのかもしれないわね」

ひそひそ声で、そんな言葉が聞こえてくる。オレールは居心地悪そうな顔をしていて、それもまた印象的だ。

オレールはそれらの声をすべて振り払うように、鋭い目つきで礼拝堂にいる全員を見る。

「皆、静かに」

よく通る声に、使用人たちは皆、体をびくつかせた。

「ブランシュ殿は長旅でお疲れだ。今日はこのあたりにして、まずは休ませてあげてくれ」

「は、はいっ。お支度をしてまいりますっ」

使用人たちが慌てて礼拝堂から出ていく。

オレールは大きなため息をついて、神官に場を乱した詫びを言った。

「あ、あの。明日の朝から、水晶の間の清掃をさせていただいてもいいですか？　中央神殿では、聖女の仕事だったのです」

セザールは意外そうな顔をしつつも、ブランシュの意向を尊重した。

「そうですね。かまいませんよ。ただ、早朝ですと鍵が必要になりますね」

「彼女には辺境伯家で預かっている合鍵を渡そう」

「では、そのように」

ブランシュはほっとして、オレールを見上げた。

「ありがとうございます。オレール様」

彼は眩しそうに目を細めて、ふとそっぽを向いた。

「いや。……シプリアン、彼女を部屋に案内してあげてくれ」

「はい」

オレールはそのまま、足早に立ち去ってしまった。

「参りましょうか。ブランシュ様」

「はい、お願いいたします」

先ほどとは逆に東側の渡り廊下を通り、屋敷に戻る。

二階へ上がると、廊下にはじゅうたんが敷かれていて、一階よりも温かみがある。

居住スペースの多くがこのフロアにあるのだろう。

シプリアンは、二階の東の奥の部屋にブランシュを案内した。

「ブランシュ様のお部屋は、オレール様の部屋のお隣となります」

薄いピンクの壁紙のかわいらしい部屋だった。年季の入った鏡台や、古い絵画が飾られている。

「この屋敷で一番日当たりがいいのです。ベッドシーツは新調させていただきましたが、古い家具ばかりで申し訳ないです」

「ここはもしかして、オレール様のお母様が使っていた部屋ですか？」

「ええ。使用の許可はいただいております。奥方様が亡くなられたのはもう十年も前ですので」

オレールは今二十四歳だったはずだ。十年前ならば十四歳。ブランシュが神殿に入ったのと同じ年の頃だ。

（その年で親と離ればなれになるのは寂しかったでしょうに）

自分の過去を思い出し、ブランシュはつられて寂しくなる。

そして今、父親を亡くし、唯一の身内である兄は行方不明。騎士としての未来を棒に振って、望みもしなかった領主の座と聖女の身分を持つ嫁が来たというわけだ。

後半だけ見れば一見栄誉なことにも思えるが、本人の望みと違うのであれば、それは押しつけられた不自由だろう。

（私にとって、この結婚は自由への足がかりだったけれど、オレール様にとっては違

うのね。……彼の自由を奪うのは、よくないわ。やっぱり、無事に婚約期間を終えたら、お別れした方がいいのかしら）

寂しい気持ちになりながらも、いつか別れが訪れることを念頭に入れておこうと、ブランシュは思う。

「では、ごゆっくりお過ごしください」

シプリアンが出ていき、ブランシュは部屋にひとりになった。

（でも今は、せっかくの自由を満喫しなきゃね）

思いついて、ベッドにダイブしてみる。全身でマットの反発を受け、さらにベッドの上を転がった。

「ふふ、楽しい！　こんなの子供の時以来だわ」

《ブランシュの自由って、この程度のことなのか？》

いつの間にかやって来たルネが、あきれたように言う。

「だって、神殿ではこんなことできなかったもの。壁も薄いから隣の部屋からうるさいって言われちゃうし。なにより、聖女のイメージが崩れちゃうわ」

《そんなもんかねぇ》

ベッドの上を転がりながら、楽しくルネと話していると、扉をノックする音がした。

ける。

ルネには「しっ」と指を立てて黙っているよう念押しし、聖女らしい笑顔を貼りつ

オレールの声だ。ブランシュは今の自分の格好を見て、慌てて起き上がる。

「俺だ。少し話をしても？」

「はい。どなた？」

「どうぞ。オレール様」

「失礼する」

オレールは旅装から着替えていた。丸首のシャツにズボンという軽装は、初めて見る姿だ。しっかりした鎖骨のラインに、神殿ではあまり見ることのないたくましい男性の姿を見て、ドキリとする。

扉は開けたままにして、オレールがおずおずと入ってきた。

「いろいろ取り決めをせねばならないと思ってな。まず、あなた付きの侍女を任命しようと思う。年代や、性格など希望があれば、言ってほしい」

「侍女ですか？　でも私、自分のことはひとりでできます」

「いや、なにかあった時のために、同性の話し相手は必要だ。君と話をしたい時に取り次ぎも頼みたいし、慣れない土地の生活を支える存在は必要だろう。特に希望がな

ければ、こちらからふたりほど選出させてもらう」

「ありがとうございます。そうですね。猫が平気な方がいいです」

ルネを見せると、オレールは少し顔をほころばせた。

「君は猫が好きなんだな」

「ええ。ずっと飼ってみたかったんです」

「もともと飼っていた猫じゃないのか？」

「半野良です。懐いてくれたので、そのまま私が飼おうと思って」

「なるほど。運命だったんだな」

オレールはルネの鼻をツンとつついた。その表情は、ブランシュに見せる時より穏やかだ。

（……なんか、いいな、ルネ。ずるいわ）

不思議な感情が湧き上がる。

こっちを向いてほしいような、こちらの視線には気づかないでいてほしいような。

ブランシュは気を取り直して、オレールに向き直る。

「オレール様、ここ、素敵なお部屋ですね」

「もとは母の部屋だ。少女趣味だろう。なぜかあの人は昔からピンクが好きでな。君の趣味に合わなければ、シプリアンに言って替えてもらうといい」

「いいんですか？」

ブランシュは部屋を見回す。ピンクの壁紙自体はかわいいと思うが、カーテンも同色なのは気になる。これを替えるだけでずいぶんイメージが変わりそうだ。

オレールが頷いたので、「ではカーテンだけ」と付け加えた。

オレールは眩しいものを見るように目を細めた後、苦笑した。

「……先ほど、聖女呼ばわりされたことは嫌ではなかっただろうか。シプリアンにもっとうまく言っておけばよかったのだが」

あまりに申し訳なさそうな顔をされたので、ブランシュの方が恐縮してしまう。

「かまいませんよ。自分から聖女という枠を完全に外すことができないのは、わかっているつもりです。それに、聖女としての自分が嫌なわけじゃないんです。今までみたいに水晶の間の清掃もしたいですし、聖句を読み上げるのも讃美歌を歌うのも好きな仕事です」

ブランシュはオレールを安心させるように微笑んだ。

「ただ、せっかく神殿を出たので、いろいろなものを見聞きしたいし、これまでやれなかったことや、聖女らしくないとあきらめてきたことを、やってみたいのです」

オレールはじっとブランシュを見つめている。ブランシュはハッとして付け加える。

「あっ、もちろん、金銭的に無理なことは言いません。オレール様の置かれている状況も理解したつもりです。ですから、その……、いいでしょうか、オレール様」

オレールはやがて笑いだした。ブランシュは、なぜ彼が笑うに至ったのかわからず戸惑ってしまう。

「わかった。好きにするといい」

「ありがとうございます！」

オレールはやわらかな表情のまま、視線を少し横にずらし、ぽそりとつぶやきのような声を出した。

「……正直、俺は君が来てくれて助かった。父が亡くなり、兄が消え、突然俺が領主となって領民は混乱している。しかし、君が来てくれただけで、領民は希望を感じているようだ。それが、俺の評価にもつながっているようだしな」

「それは……言っていて悲しくならないですか」

思わずツッコミも入ってしまう。

「悲しいな。だが事実だ」

どうやら旦那様となる人は、感情と理性をうまく両立できる人のようだ。

「……長年務めた領主が替われば、領内が混乱するのはあたり前のことです。どんな領主にも初めての時はありますもの。……現領主はオレール様なのですから、ご自身のやり方で進めていかれるのが最良なのではないでしょうか」

オレールは付き物の落ちたような顔をして、ブランシュを凝視する。

「私、神殿から出て、新しいことに挑戦できるのが楽しみなんです。オレール様は責任を感じて焦っていらっしゃるのだと思うのですが、せっかく初めてのことに挑戦するんです。楽しみながら頑張っていきましょう？　私も一緒にいますから」

「……ああ。そうだな」

見上げれば、オレールの瞳は少し潤んでいた。それがどんな気持ちの表れなのかまではわからないが、自分の言葉が届いているような気がして、ブランシュはうれしかった。

＊　＊　＊

マリーズ・フィヨンは二十二歳。メイド長であるデジレの娘である。結婚適齢期ではあるが、田舎暮らしの彼女にはめぼしい相手もおらず、独身である。

「え、あたしが、ですか？」

「ああ。年齢も近いし、君はこの屋敷のことに精通しているだろう。ブランシュ殿がここにうまくなじめるよう、助けてあげてほしい」

新領主であるオレールから頼まれたのは、神託で嫁に選ばれた聖女付きの侍女となることであった。

「ちなみに、君、猫は平気か？」

「猫……動物全般なんでも平気ですけど」

「ならいい。彼女は猫を飼っているので、その世話も頼む。交代人員を選ぶのは君に任せる。選任後はデジレに伝えておいてくれ」

「はい」

突然の抜擢に、マリーズは驚きを隠せない。

今は婚約者という形だが、神託で決められた以上、ブランシュは次期辺境伯夫人だ。彼女付きになることは、出世以外の何物でもない。

「頼んだぞ」

「……はい！」

マリーズは幼少期から屋敷で暮らしていたため、オレールのことも兄のダミアンのことも昔から知っている。

子供の時、ダミアンは神童だと言われていた。頭の回転がよく、よくしゃべり、愛想がいい。屋敷に来ていた家庭教師も、いつもダミアンを褒めていたように記憶している。

使用人であるマリーズやレジスにも愛想がよく、一緒に遊んでくれた。マリーズにとっては初恋の人だ。

比べて、オレールのことはあまり印象にない。年齢はオレールの方が近かったし、遊ぶ時も一緒にいたはずなのに、無口なせいか存在感がなかったのだ。

領主夫妻も、跡継ぎであるダミアンのことを優遇していたので、領民の前に出るような行事の時は、ダミアンばかりを連れて歩いていた。領民はオレールの存在は知っていても、その姿や性格については、ほとんど知らなかっただろう。

だから、ダミアンが失踪した時は驚いた。あれだけ期待されていたのに、まさかいなくなってしまうなんて。代わりに騎士となって成功していたオレールが、その職をやめてまで戻ってきたことには、もっと驚いた。

(まあ、誰かに継いでもらわなければ、働いているあたしたちだって、路頭に迷うものね)

マリーズは気を取り直し、挨拶をするためにブランシュの部屋の前まで行った。扉が少し開いていて、ブランシュの話し声が聞こえる。

（あら、誰かいらっしゃるのかしら）

「せっかく手に入れた自由だものね。今までできなかったことに挑戦したいわ！」

マリーズはぎょっとした。領主夫人になることを、自由ととらえる人などいるだろうか。

（え？　聖女様なんだよね？　大丈夫かな、この人）

そのまま、声を殺して中をうかがう。

「なにをするかって？　そうね。まずは許可ももらったし、このお部屋のカーテンから変えようかな。ふふ、自由に使っていい自分の部屋なんて初めてだもの」

ブランシュは鼻歌まで歌い出す。

せっかく次期領主夫人にお仕えするのだと張りきっていたが、この聖女様は、領主夫人となる意気込みも責任感も持っていないように聞こえた。

（なんか、嫌な気分だな）

「慈善事業なんてもうたくさん！」

そのセリフが決定的となり、マリーズにはブランシュに対して不信感が湧き上がってしまった。

（聖女様っていっても、実際は怠け者なんじゃないかしら。神託による結婚だなんて言われているけど、神殿から出たくて嘘の神託を伝えたんじゃないでしょうね）

神の声は、聖女にしか聞こえないのだ。嘘をついていても誰にもわかりはしない。

マリーズはもはや、なにを聞いても信じられそうになかった。

しかし、マリーズの仕事は彼女付きの侍女である。不快感を表に出してはならない。

大きく深呼吸をし、こわばった顔をなんとか整え、マリーズは扉をノックする。

「失礼いたします。ブランシュ様付きの侍女となりました、マリーズ・フィヨンと申します」

「あら？　そうなの。入ってくれる？」

ブランシュは一瞬、バツの悪そうな表情をしたが、すぐに立ち上がると、聖女らしい楚々（そそ）とした笑顔を見せた。

マリーズはその部屋の中に、聖女と白猫しかいないのを見て、驚く。

（嘘でしょ。さっきのは独り言だったの？　こわっ）

怠け者どころか、少し頭がおかしい人なのかもしれないと、マリーズは本気でいぶかしがり始めた。

マリーズの疑念をよそに、ブランシュは、丁寧な所作でゆっくり頭を下げる。

「よろしくお願いします。マリーズ。私はブランシュ・アルベールです」

「こちらこそ、よろしくお願いいたします。あたしともうひとり、ベレニス・ラクロアのふたりでブランシュ様の身の回りのお世話をいたします。今日ベレニスはお休みをいただいておりますので、明日ご挨拶させますね」

「わかったわ。ありがとう」

その微笑みは曇りなく美しい。

（こうしてみたら、嘘をついているようには見えない。どうやら、この聖女は、態度を取り繕うのが上手みたい。もしかしてオレール様は騙されているんじゃないかしら）

不信感はどんどん膨らむ。自分の表情が少し険しくなっているのに気づいて、マリーズは慌てて笑顔を取り繕った。

「あとこの子。ルネというんだけど、ペットとして飼いたいと思っているの。お世話をお願いできるかしら」

「ええ。旦那様より伺っています」

「みゃーご」

ルネは猫らしく鳴いてみせる。

「まずは猫用のトイレを用意しましょう。ほかにご用事はございますか？」

「いいえ。大丈夫よ」

マリーズが部屋から出るまで、ブランシュは優しい笑顔を絶やさなかった。

（騙されてはいけないわ。彼女には要注意よ）

マリーズの警戒心は最高潮に高まっていた。


新しい朝がくる。今日はもうひとりの侍女ベレニスが一緒だ。

「マリーズは昨日ご挨拶したのよね。どんな方？」

「うーん。なんかちょっと、要注意な感じ？」

「要注意って？」

「なんていうか、外面はよさそうなんだけどね」

話しているうちに、ブランシュの部屋の前に着いてしまった。

今の時刻は、朝の六時半。騎士時代の名残なのか、オレールは一時間前から起きて鍛錬をおこなっている。

「起きていらっしゃるかしら」

「寝ているかもね」

マリーズは、ぐうたらな聖女はまだ寝ているに違いないと思っていた。しかし、朝食の時間が七時半なので、そろそろ起きて身支度を整えてもらわねばならない。

「失礼します、ブランシュ様」

「おはよう。マリーズ。あら、もうひとりいるのね？」

マリーズの予想に反して、ブランシュはすでに着替えを終えていた。

「ベレニス・ラクロアと申します。ブランシュ様。よろしくお願いいたします」

「よろしく、ベレニス」

「ブランシュ様、……す、すみません。着替えの手伝いもできず」

マリーズは呆気にとられた。服も髪も完璧に整えられている。それどころか、猫を膝にのせてブラッシングまでしているのだ。

「いいのよ。神殿では自分で着替えていたのだから。それより、水晶の間に案内してもらえるかしら。朝の清掃をさせてほしいの」

「え？　清掃？」

「ええ。鍵はオレール様から預かっているわ。神官様の許可も得ているから心配しないで」

マリーズとベレニスは顔を見合わせた。

朝だから動きも緩慢かと思えばそんなことはまったくなく、ブランシュはてきぱきと動いた。

「清掃道具を貸してくれる？」

笑顔でそれを受け取り、「中央神殿では聖女が清掃するものだったのよ」と手伝いさえも拒んで、ブランシュは水晶の間の扉を閉めてしまう。

マリーズとベレニス、そして様子を見に来たセザール神官はガラス越しに、一心に清掃するブランシュの姿を見ていた。

「ずいぶん、働き者なのねぇ、聖女様って」

ベレニスが感心したように言う。しかし、マリーズはたしかに聞いた。慈善事業などもうたくさんだと言った彼女の言葉を。

「ううん。わからないわよ。初日だから張りきっているのかもしれないし」

「みゃあ」

すっと、足もとをルネが通り抜けていく。

「ルネ様」

ルネが扉をガリガリとしようとしたので、慌てて少しだけ開けてみる。

「ブランシュ様、ルネ様が入りたそうにしているのですけれど」

「入れていいわよ。ここは中央神殿じゃないしね」

マリーズたちも中を覗くと、ブランシュは水晶を磨いているところだった。

水晶は時折虹色に光る。まるで、喜んでいるように。

「水晶が光っている？」

それは、長年この屋敷にいるマリーズもあまり見たことがない状態だ。

「リシュアン様が喜んでいるのよ」

「えっ？」

当然のようにブランシュが言い、神官さえも感心して唸っている。

マリーズは自分の目に映るものが信じられなかった。

慈善事業などやるつもりはないと言っていた聖女は、とても楽しそうに清掃をしているのだ。

（どうして？　清掃なんて一番嫌な仕事じゃない。まさか、自由に水晶の間に出入りできるようにするために、わざと仕事を喜んでいるように見せているとか……？）

「すごいわ。さすが聖女様」

ベレニスは完全にブランシュに心酔してしまったようだ。

しかしマリーズは昨日の彼女の独り言が引っかかって、信じきることができない。

（そうよ。見ているところで勤勉にしているのは、皆を油断されるためかもしれないわ。ここはあたしが、防波堤にならないと）

「ブランシュ様、水晶の間の鍵ですが、なくされては大変ですので、あたしの方で預からせていただきますね」

「えっ？　でも、リシュアン様とお話をするために、時々入りたいと思っているのだけど」

「その都度、あたしをお呼びください。いつでも駆けつけますから」

なんとしてでも鍵を渡すまいと思い、言動が強めになってしまった。つい睨んでしまったからか、ブランシュは少し変な顔をして、マリーズを見た。しかしすぐ、気を取り直したように「わかりました」と引き下がった。

（よし、これでとりあえず、勝手に水晶の間には入れないでしょ）

「ベレニス、ブランシュ様が清掃を終えられたら、清掃道具の片づけをお願いします。あたしは朝食の準備の様子を確認してきます。ルネ様のご飯もいるでしょうし。水晶の間の戸締りは、神官様にお願いいたします」

「ええ。わかったわ」

「ああ。鍵は私が閉めておこう」

ベレニスとセザール神官に見送られ、マリーズはひとり、先に抜け出し考える。

（神と会話をしていた？　やっぱり、間違いなく聖女ではあるのかしら。でもそれすら演技だったら？）

扉を開けると、鍛錬終わりのオレールが渡り廊下を歩いているのが見えた。

「オレール様、おはようございます」

「マリーズか。ブランシュ殿はどうしている？」

「今、水晶の間を清掃しておられます。いいのでしょうか。奥様となられる方に清掃させるなど」

「彼女がしたいと言っているんだ。させてやってくれ」

通常、領主の奥方は清掃などしないし、そもそも領主がそれを許さないはずだ。マリーズはオレールの判断も気に入らない。

（なんか解せないわ。オレール様はやっぱり領主には向いていないんじゃないかしら）

マリーズはなんだか複雑な気分だ。

（……ダミアン様がいればよかったのに）

三年前に突如消えたダミアンを、マリーズは幾度となく思い返していた。そしてそのたびに、領主にふさわしいのは彼なのにという感情が湧き上がる。

今も、戻ってきてあのふたりを追い出してくれないかしらなどと、不埒なことを考えていた。

＊　＊　＊

水晶の間を清掃しながら、ブランシュは考える。

（……マリーズったら私のこと、なんだか疑いの目で見ているのよね）

マリーズから注がれる視線が、好意的ではないことに、ブランシュもなんとなく気づいていた。

《ブランシュが『慈善事業はもうたくさん』だなんて大声で叫ぶからだろ？》

ルネがさも当然という感じで言う。

「あの時、やっぱり聞かれていたのかしら？」

《そうだろ。あのお嬢さんは、君が噂通りの聖女なのか、それとも、聖女の皮をかぶった悪女なのかをうかがっているのさ》

「……困ったわねぇ」

自分のせいとはいえ、お付きの侍女に疑われるのはやりにくい。解決策はないものかと悩みつつ、ブランシュは水晶に手をあてて祈る。
(リシュアン様、うまい手はないかしら)
《……今のところはないかな。でも、ブランシュがそのままでいれば、大丈夫だろう》
リシュアンの声は穏やかにブランシュの頭の中に響く。
《ブランシュのことをちゃんと知ったら、きっとマリーズも好きになる》
(そうだといいですけれど)
《知ることは大切だ。人づてに聞くんじゃなくて、見て、話して、触れて、心を知ることが》
水晶がきらりと光った。そして、リシュアンの声が遠くなる。
《まずブランシュが、知るといい》
意味深な言葉を残して、気配が消える。
「聞く……じゃなく、触れること」
今、ブランシュは、安易にリシュアンから答えをもらおうとしていた。でも、マリーズの気持ちは、他人から聞くものじゃない。
「そうね。自分の目と耳で」

ブランシュが個人としてマリーズと関係を深めていかなければ、きっと溝は埋まらない。リシュアンはそう言いたいのだろう。

清掃を終え、道具をまとめているとベレニスが近づいてくる。

「ブランシュ様、道具は私が片づけます」

「ありがとう、ベレニス」

「ブランシュ様って、本当の聖女様なのですね。水晶がこんなふうに光るの、私は初めて見ました」

「リシュアン様がお声を聞かせてくれると光るのよ」

ベレニスは屈託なく話しかけてくれ、素直な好意を見せてくれる。

とりあえず、ベレニスには好かれているようだと思えて、ほっとした。

ベレニスに片づけを任せ、ルネと共に屋敷への道を行く。すると、前の方からレジスがやって来た。

「ブランシュ様、侍女たちはどうしました?」

「マリーズは先に行ってルネのご飯の準備をしてくれているの。ベレニスは清掃道具を片づけてくれているわ」

「そうでしたか。では私が食堂までご案内いたします」

そういえば食堂の場所を聞いていなかった。感謝してレジスと並んで廊下を歩く。

「朝から神殿の清掃なんて、さすがは聖女様ですね」

「中央神殿では、聖女が当番制でおこなっていたんです。清掃はリシュアン様もお喜びになりますから」

「そうなんですか。ブランシュ様は神の声が聞こえるというのは本当ですか？」

レジスは好奇心旺盛なようだ。楽しそうに聞かれるので、こちらもついなんでも答えそうになってしまう。

「聞こえますよ。穏やかなお声で、聞いていると幸せな気持ちになるんです」

「そうなんですかぁ」

レジスと楽しく会話しているうちに、食堂へ到着する。

すでに席に着いていたオレールは、なぜか驚愕したような顔で、ブランシュを見ていた。

「どうかなさいました？　オレール様」

「い、いや。侍女ではなくレジスと来たから、驚いただけだ」

「すぐそこで一緒になったのです。それよりも、お待たせしてしまったようですね」

「いや。待ってなどいない」

思い出したようにオレールは立ち上がり、ブランシュの椅子を引いてくれた。

「ありがとうございます」

神殿にいた頃は、こんなエスコートをされることはなかった。ブランシュは少しドキドキしてしまう。

「ルネ様のご飯はこちらにご準備しました」

マリーズが、ルネのご飯を持ってくる。お皿が部屋の端に置かれると、ルネは「にゃーん」と鳴いて、ついていってしまった。

「では食べようか」

「ではお祈りを」

オレールとブランシュは同時に言い、ブランシュはいつもやるように聖句を読み上げた。すると、周囲が呆気にとられたようにブランシュを見ているのに気づく。

ブランシュは、はっとして、口もとを押さえる。

「あれ、……なにか？　食前の祈りはしないのでしたっけ」

野営の時はたしかにしていなかったが、あれは外だからだと思っていたのに。

「いや。すごいな。そらでそこまで流ちょうに聖句を読めるのは」

「……すごい」

マリーズも驚きで敬語を忘れている。

しかし、ブランシュとしては感心されるのも居心地が悪い。神殿では、これがあたり前だったのだから。

「もしかして、私、おかしい、ですか？」

「いいや。俺こそ、騎士団では早く食べることばかり求められていて、ゆっくり祈ることなど忘れていた」

困ったような顔で、オレールはそう続ける。

責められたわけではないが、ブランシュは少しだけ自分を恥じた。新しい場所で、新しいルールを知ることもなく、自分の行動を優先したことを。

「申し訳ありません。こちらのルールに合わせますわ。私がおかしなことをしたらご指摘ください」

「いや。食前に祈りをささげるのは当然のことだ。忘れていた俺たちが不敬だった。今後は必ず祈りをささげよう」

（……やっぱりオレール様って）

いい人だ、とブランシュは思う。自分の非を素直に認めることができ、他人を尊重することをいとわない。

（いい人が、報われる世の中であってほしいわ）

だからこそ、彼が苦悩しているのが、ブランシュにはなんだか悔しいのだ。


食事の後、オレールは執務にとりかかるというので、ブランシュはマリーズに屋敷を案内してもらうことにした。

「みゃん」

もちろん、ルネも一緒だ。

「ルネ様はブランシュ様にとても懐いているのですね」

マリーズが感心したように言う。

（まあ、彼は私の頭の中身が見たいだけなんだけどね）

ダヤン辺境伯家の屋敷は、中心にある小神殿を囲うような形をしているが、小神殿の入り口のある南側だけは通路として開けているので、参拝者は屋敷に入らずに、直接小神殿に入ることができる。

屋敷には、家財が売られたような形跡もあったが、小神殿の宝物には手をつけていないようだ。千年前の家財もきちんと手入れされているし、財政が悪化している今も、高給といわれる神官をきちんと雇用している。信仰心の強い土地柄なのだろう。

「マリーズ。こちらの小神殿は、一般の方は来られるの？」

「週に二度、開放日があります。ちょうど今日がその日ですよ」

ブランシュたちは、屋敷からの渡り廊下を使って入ったのだが、小神殿の正面の入り口の方には、人だかりができていた。

「これはブランシュ様、今は危険ですので、お入りにならない方が……」

セザール神官が、ブランシュの姿を見つけて駆け寄ってくる。

「どうしたの？」

「聖女様をひと目見ようと、領民たちが参拝に詰めかけているのです」

「まあ」

「普段でしたら、こんなに大人数が来ることはないのですが……」

街の人間は、オレールが聖女を連れてくることを知っていた。おそらくは、ここを訪れた人たちにシプリアンが伝えていたからだろう。

「せっかく来てくれたのだもの。顔だけ見せればいいのでしょう？」

「しかし」

「大丈夫よ」

「みゃん」

どうするんだ？　と、ルネが問いかける。

「私は聖女だもの。リシュアン様にご協力いただくのよ」

ブランシュは、領民たちを礼拝堂に入れるよう神官に頼んだ。

入ってきた領民は、まっすぐガラス越しに水晶を見ることができる。

ブランシュは水晶の間に入り、リシュアンに祈った。

（リシュアン様、お願い、光を）

ブランシュが願うと同時に、水晶が輝きを増した。

それを見ていた領民は、魅了されたように黙りこくった。

ブランシュは水晶の光が消えるまでゆっくりと間を取ってから、厳かな歩みで水晶の間から出る。領民たちは息を飲んでブランシュを見つめた。

「皆さんが来てくださったおかげで、リシュアン様もお喜びのようです」

ブランシュが笑顔で言うと、緊張していた空気が、一気にやわらかくなる。

「聖女様、綺麗」

やがて小さな少女がそう言うと、ぽつりぽつりと声があがり始める。

「聖女様は、ダヤン領を救いに来てくださったのですよね」

「神は我々を見捨ててはいなかったということでしょう？」

期待に満ちた眼差しに、ブランシュは一瞬戸惑う。しかし思い直して、高潔な笑みを浮かべた。

「神は、一度だって国民を見捨てたことはありません。しかし、私をここに遣わしたのは、ダヤン領を救うためではありません」

ブランシュは静かに、だがはっきりと言った。

「私は、オレール様の妻になるために来ました。神が望まれたのはそれだけです」

参拝者たちは不安げに顔を見合わせる。ブランシュは朗々とした声で続けた。

「オレール様の幸せのために、私もこの土地の復興を願っています。ですがそれは、私ひとりでなしえることではありません。皆さんの協力が不可欠です」

「俺たちが……？」

「聖女様がしてくれるんじゃないの？」

「しませんよ」

ブランシュは少し突き放したように言った。

「なにかを変えたい時は、まずはひとりひとりが変わらなくては。私もお手伝いいたします。みんなで、この土地をよくしていきましょう」

リシュアンが賛同するように水晶を光らせてくれたおかげで、集まった領民の歓声はものすごい大きさとなった。

「皆さん。領主交代に戸惑っている方も多いと思いますが、オレール様はいつも皆さんのことを考えておられます。必ず皆さんを助けるために動いてくださるでしょう。どうか信じてください」

「も、もちろんです」

「聖女様が言うなら、あたり前だわ」

肩書に対する過度な期待は、ブランシュには重い。ブランシュは神の声を聞けるだけの十八歳の娘で、それ以上のことはなにもできないのだ。

それでも、聖女というネームバリューは思った以上に力がある。

「聖女と呼ばれていても、私自身に不可思議な力があるわけではありません。でも、ここは私の嫁ぐ場所です。オレール様と一緒に皆の暮らしがよくなるように尽くすことを誓います」

「はい！」

領民たちの歓喜に、小神殿が包まれる。

やがて領民が納得して出ていくと、ルネが近づいてきた。

《やれやれ、慈善事業はたくさんなんじゃなかったのかい?》

「うん。でもこれは慈善事業じゃないわ。自分の住む土地をよくしたいって思うのは普通のことでしょう?」

《そうかねぇ。まあ君は、生まれつき〝聖女〟なんだろうね。だからこそ、リシュアンが気に入ったんだ》

昔から、余計な荷物を背負い込む癖があった。それこそ、ブランシュがまだ咲良だった頃から。

(たぶん、そういう性分なのよね)

自分は関係ないとただ見ているのは、おそらく性に合わないのだ。

「やりたいことをするって決めたんだもの。心の赴くままにやってみるわ」

《まあそうだな。自由って要は、やりたいことをやるってことだもんな》

「そう」

素直に、自分の心に従うのだ。

ブランシュは笑顔で、美しく整えられた礼拝堂を眺めた。

ダヤン領立て直し計画

マリーズは、ブランシュという聖女を信じていいのかどうか悩んでいた。

先ほど、礼拝堂で領民に向かって語った彼女はとても神々しく、マリーズも思わずあがめそうになった。

（……やっぱり、本物の聖女様なのかしら。いや、でも……）

そんなふうに悩んでいたマリーズに、ブランシュはとんでもないことを言いだした。

「変装……ですか？」

マリーズは目が点になる。貴族の女性から、町娘に変装したいと言われたのはこれが初めてだ。

「ブランシュ様。いったいなにをなさる気なのですか？」

「普通の目線で街を見たいの。いかにも聖女ですっていう格好をしていたら、そのままの街の姿なんて見られないじゃない」

「危ないですよ」

「平民の女性が街を歩くことはなにも危なくないわ。あなたもお友達としてついてきてくれるでしょう？」

「でも、でも……」

「お願いよ、マリーズ」

困りきったマリーズは、オレールにお伺いを立てることにした。

「街を歩くなんて危ないいんじゃないのか？」

「ええ。あたしもそうお伝えしましたが、聞いてもらえないんです」

「困ったな。しかし、彼女にはやりたいことをやっていいと約束してしまったからな」

彼は一瞬眉根を寄せたものの、護衛をひとりつけることで、了承した。

その結果を伝えに戻ると、今度はブランシュが難色を示す。

「護衛ねぇ。あまりかしこまりたくないのよね」

「駄目ですよ。オレール様の命令は絶対です」

とりあえずオレールの名前を出しておけば、聞いてもらえるだろうと、マリーズは強く言った。

「ではこうしましょう。護衛の方には少し離れてついてきてもらうの。決まりね、じゃあ、マリーズ、申し訳ないけれど、あなたの服を一着貸してもらえないかしら」

平民服を着て、頭巾をかぶると、ブランシュは神殿の聖女様には見えない。

彼女は鏡に映った平民姿の自分を満足そうに眺め、マリーズに手を伸ばす。

「さて、行くわよ。マリーズ、今日は私のこと、ブランって呼んでね」

「ひえ……。恐れ多い」

「今日はお友達よ。いいわね」

「はいぃ」

「みゃ」

白猫は、機嫌よさそうに尻尾を揺らし、ブランシュの後をついていく。

（ひええ。これでなにかあったらあたしのせい？　そんなの嫌だぁ）

マリーズは戦々恐々としつつ、ご機嫌なブランシュを恨めしそうに眺めたのだった。

＊　＊　＊

ブランシュはマリーズの腕にしがみつき、街へと出る。
《待ってよー》
ルネはそう言いつつ、細い道や塀の上を利用して、ブランシュたちに遅れないようについてきていた。

空を見上げれば青く、白い雲がうろこ状に広がっていた。高い位置で旋回しているのはトンビだろうか。

(なんだか、久しぶりに空を見上げたような気もするわ)

大きく息を吸い込み、深呼吸をする。新鮮な空気が体中を巡って、浄化してくれているようだ。

「いい空気ね。酸素が多いわ」

「酸素……?」

「あ! ええと、栄養がたっぷりの空気ねってこと」

ここと前世では世界のありようが違う。大気中にあるのは生命エネルギーにもなる魔素で、これが失われると土地がやせ、人が生きられなくなるらしいのだ。

(魔素と酸素は似たようなものなのかしら。世界が違うと根本から変わるからわからないわね)

《酸素って君の前世ではどういうものなんだい?》

頭の中でルネが話しかけてくる。

(人間の体を動かすために必要なものよ。魔素もそういうもの?)

《そうだね》

前世とは違う世界だけれど、この国にもこの国の理(ことわり)がある。

ルネいわく、エグザグラム国を覆う結界は、魔素が外に飛び出さないようにつくられているらしい。魔素がなくなれば、人は生命を維持できなくなる。リシュアンも魔素を使って世界の情勢を把握しているので、結界が破れてしまったら、もう国を維持できないのだそうだ。

「街は、結構にぎわっているのね」

ダヤン領は広い。しかしすべての土地が潤っているかというとそうではなく、繁栄しているのは領主がいるマラブルだけだ。山が多くあるものの、森林を伐採する人手がないから資源を得ることができないし、農地も領土規模のわりには少ないので、領内の農作物の供給が十分ではない。

(この土地にはなにが必要なのかしら)

土地を観察し、人を観察し、領土繁栄のための糸口を、なんとかして見つけるのだ。

神殿育ちのブランシュにはそんな知識はないが、咲良としての前世の記憶が、なんらかの役に立つに違いない。

(人生に必要か?と思っていた受験勉強も、今こそ役に立つかもしれないわ)

ダヤン領にはあまり大きな川がない。そのせいで、大地にも栄養が足りないのだ。

（農地を増やすには、その前に治水対策をおこなわないといけないのね）

その詳しい方法がわからなくとも、とっかかりさえわかれば、あとは専門家を頼ればいい。

（あとは……そうね、領民がなにを考えているのか聞いてみたい）

マリーズと店を見て回りながら、ブランシュは聞き耳を立てていた。

「領主様の代替わりでいったいどうなることかね」

「オレール様だろ？　不安しかないよ。なんか怖いし、なにを考えているのかまったくわからないんだよな。あーあ、ダミアン様はどこに行っちゃったのかねぇ」

聞こえてくる噂話は、そんな声が多い。

「ねぇ、マリーズ、どうしてみんな、オレール様のことを信頼してくださらないの？」

「オレール様は騎士でしたからね。領地運営には参加されていませんでしたし、領民から見れば、よく知らないお人なのですよ」

「そう……」

オレールは必死に領地経営について学んでいる。一日中、執務室から出てこないほどに。

（彼はそれが領民のためになると思っている。でもそんなことよりも、領民たちに彼

の人となりを知ってもらう方が大事な気がするわ)

信頼していない領主がなにをやっても、領民たちは白んだ目で見るだけだろう。

もちろん結果を出せば、彼は領民の信頼を勝ち得るだろう。しかし、今の状態からそこにたどり着くまでに何年と時がかかる。

ここまで困窮している状況ならば、オレールがやるべきことは、完璧な領主になることではない。まずは、彼がこの土地を愛し、民のために尽くしたいと思っていることを、領民たちにじかに伝えるべきだ。そして、なにかひとつでもいいから領のためになることをし、信用を得ることが大切なのだ。

相手の気持ちを勝手に推測して、互いに、遠巻きに見ているだけでは、問題は解決しない。

ブランシュは、最後にほかの聖女たちと腹を割って話して、ようやく彼女たちと打ち解けられた気がした。それと同じだ。

(そうよ。まずはオレール様と領民の距離を縮めなきゃ)

目標が定まったことで安心し、ブランシュはリラックスして店を見て回った。

「お嬢さん、おいしいオレンジだよ。買っていかないかい?」

市場の人々は気軽にブランシュに声をかけてくれる。

「あら、ここが傷んでいるわ」

「このあたりじゃこんなもんだよ。見た目も品質もいいやつは王都に出荷されるからな。ここで売られるのは傷物ばかりだ」

「そうなんですね」

たしかに、王都では高く買い取ってくれるのかもしれないが、新鮮さが落ちれば、捨てる分も多くなるだろう。

「地産地消……」

ポツリと前世の記憶がこぼれだす。

前世でもいつの頃からか地産地消が叫ばれるようになった。地元でいい値段で取引されるようになれば、輸送費をかけてまで遠くの王都に運ぶ必要もない。


お店を巡った後、ブランシュはベンチのある公園でひと息ついた。

「この領の売りってなんなのかしらね、マリーズ」

「やっぱり水晶ですかね。信心深い方々は、水晶を拝むためにお越しになりますよ。小神殿の水晶の間がガラス越しで見える辺境伯家は少ないそうで」

「そのわりには、宿はあまりないのね。ここまで来たら、日帰りなんてできないわ。

よそで宿を取ろうと思えば、早めにここを出立しなくちゃならなくなる。それだけ、この場所にいる時間が短くなってしまうじゃない。宿をつくって、特産物を調理して出せば目玉のひとつになるのに」

そうしたとしても、水晶で集客できるのはせいぜい周辺領の領民だけだ。辺境伯家はほかに五つあるのだから、多くの人たちは自分が住んでいる領地に近いところに行くだろう。

「この領だけのなにかが欲しいのよね……」

観光という観点で見た時に、ダヤン領はインパクトが弱い。

ブランシュは、さらなるヒントを求めて市場を見て回った。だけど、これだというものは思いつかなかった。

ダヤン領の人々は、朴訥(ぼくとつ)としていて誠実そうだ。

(気質は、オレール様と近そうなのよね。私では思いつかないなにかも、オレール様なら領民に近い感覚で見つけられるんじゃないかしら)

「今度、オレール様と視察に行くつもりなの。帰ったら日程の調整をしようかしら」

「え、でも、オレール様はお忙しくて……」

「一日くらい、婚約者に付き合ってもばちはあたらないわ」

「それは……まあそうですが」

マリーズが怪訝そうだ。

実際、ブランシュという人間を測りかねているのだろう。しかしこの際、わがまま娘と思われてもいいのだ。

（私が、オレール様にとっていいことだって思うことをすればいいんだわ）

彼がブランシュにふと見せる憂いを帯びた横顔は、かつての自分に似ている気がして、放っておけない。

その日、ブランシュは市場と街のはずれまでを見て回り、屋敷へと戻った。

ブランシュは、ルネと共に水晶の間に向かった。

マリーズも鍵を開けるためについてきていたが、礼拝堂で待つと言って、水晶の間までは入ってこない。

（リシュアン様、ただ今帰りました）

《お帰り、ブランシュ。どうだった？》

水晶が乳白色にやわらかく光る。

「楽しかったですよ。リシュアン様も一緒に回れたらいいのに」

《情報は入っている。楽しかったならなによりだ》
ブランシュは少し居住まいを正して、リシュアンに問いかけた。
「リシュアン様、教えてほしいことがあるんです」
《なんだい？》
淡い光が、きらりと輝く。
「私がいない間、オレール様はなにを？」
《オレールは執務室で、父親のかつての日記を見ていた。領地経営の参考にしようとしていたようだが、ダミアンを褒める文言が多くて苦笑いしていたな》
「そうですか」
《あいつ、ちょっと自虐的だよなぁ》
口は悪いが、ルネの言う通りだ。オレールの必死さは理解できるが、日記を見ていても、時間を無駄にするだけではないかと思う。ブランシュは彼らの幼少期を知らないから、そう思えるのかもしれないが。
「オレール様のお兄様は、どうして出ていってしまったんでしょうね。聞く限りでは優秀な方なのでしょうに」
リシュアンに聞けば、居場所を教えてもらえるのかもしれない。

だけど、それを知ったら、オレールはダミアンを捜すことで解決しようとしてしまうだろう。

（それは、違うと思う）

ブランシュは、オレールに報われてほしい。

勝手に領土を捨てて逃げた人なんかより、自分の大切な経歴を捨ててまで、領土のためを思ってくれる人に、領主でいてほしい。

「リシュアン様。私、この領に農業以外の主要産業があったらいいのにと思ったんですよね。ここを最果ての地じゃなくて、目的の地に変えるの。そうすれば、人を呼び込むこともできるんじゃないかと」

《おもしろそうなことを考えてるじゃん！》

ルネが楽しげに飛びついてくる。

「ルネ。なにがいいか思いつく？」

《さあ？　僕は自分が知らないことを知るのが好きだから、今までに見たことのないような店ができたらうれしいかな》

「リシュアン様はどう思います？」

《うーん。俺は、基本的に事実しか答えられないんだ。だから予言はほとんどしない。

未来のことは予想でしかないからね。それでも、災害や国の役に立つことなら神託で伝えるけれど、今みたいな、〝この領でなにがはやるか〟といったことは答えられないな》

「そうなんですか？　でも天気は教えてくれたのに」

《天気は雲の動きでわかるから、未来とはいえ、ほぼ事実なんだよ》

「なるほど」

今までブランシュは、リシュアンには聞けばなんでも教えてもらえると思っていたけれど、それなりに制約があるものらしい。

言われてみれば、もともと、神託は国の有事や人の生死にかかわることだけでしか出されない。

個人的に話ができるようになってからは、聞けばだいたいのことを教えてくれたけれど、あれも求めている答えが事実だからだ。

「そういえば、私にダヤン家に嫁ぐようにとの神託は、なぜ必要だったのですか？」

《ダヤン辺境伯家が没落の危機にあったからだよ。結界にほころびができるから、辺境伯家は絶対に途絶えてはならない。俺の声が聞こえる聖女がいれば、必ず小神殿を守るために力を尽くしてくれるはずだ。俺は、ブランシュが適任だと思った》

「そうなのですか。適任……なのかな」

聖女が嫁ぐというだけで、オレールの領主としての信頼度が上がるのならば、ブランシュじゃなくてキトリーでもよかったはずだ。

(でもリシュアン様は私を選んでくれた)

そこに特別な意味はないのかもしれない。だけどブランシュは、リシュアンに自分を選んでよかったと思ってほしくなった。

「やっぱり、立て直し計画は自分で考えます」

ブランシュがうんうん唸っていると、ルネが水晶の周りを歩きだす。

《君の頭の中にある前世に、なにかヒントはないの？　リシュアンはこの世界のすべてを見通すことができるけど、あくまでこの世界だけだ。違う世界の記憶がある君になら、この世界の誰にも考えつかないこと、思いつくんじゃない？》

「なるほど」

たしかに、そうだ。ブランシュの持つ前世の知識と、オレールが持つ土地の知識を組み合わせて、新しいなにかを見つけ出すのだ。

「やっぱり私、オレール様とお出かけしてきます。リシュアン様、天気ならわかるんですよね。明日は晴れますか？」

《大丈夫だと思う》

「じゃあ決まりだわ！」

ブランシュはルネを抱いて水晶の間を出る。

「終わりましたか？　ブランシュ様」

マリーズが待ちくたびれたように礼拝堂の椅子から立ち上がる。

「ええ。私、これからオレール様の部屋に行くわ。マリーズ、悪いけれど、戸締りをお願いね！」

ブランシュはオレールの執務室に入った。中にはオレールのほかにシプリアンとレジスがいる。

「出かけたい？」

「ええ。オレール様と一緒に視察がしたいのです。約束、しましたよね」

「だがこれが終わらないとな」

オレールは山積みになっている机の上の書類を眺める。

「いいんじゃないですか？　行ってこられたら」

レジスがさらりと言う。

「しかし、急ぎの決裁が必要なものもあるだろうし」

「急ぎのものかそうでないかの判別まで、オレール様がしているのですか？」

ブランシュは少し責めるようにシプリアンを見つめる。

本来、領主には執事がつき、急ぎかそうでないか程度の判別くらいはやってくれるものだ。ブランシュの父親も子爵だったが、そんな存在がちゃんと屋敷にいた。

膨大な書類の処理に追われる辺境伯家ともなれば、なおさら、できる人材をつけなければいけないのではないだろうか。

「面目ございません」

シプリアンが恐縮したように頭を下げる。

「オレール様のお父様の時代はどうなさっていたのですか？」

「実は……」とシプリアンは言いにくそうに話し始めた。

もともと、前領主の補佐は、息子であるダミアンともうひとりの補佐官とがおこなっていた。

しかし三年前、ダミアンが失踪してしまう。領主の執務補佐はひとりでは無理な分量があったが、前領主はダミアンがすぐ戻ってくるだろうと思って、補佐官を増やさなかった。

これにより、補佐官の負担が増し、前領主が寝込むようになってからは、支払いが滞り始めたのだ。

仕事は多く、金は払われないのであれば続くはずがない。補佐官は引き継ぎもしないままやめてしまい、その後は内情を理解する人間がいないせいで、執務は滞り続けたのだという。

「それで今も、その補佐官の代わりの方は、いらっしゃらないままなのですね……」

結果、机の上にこんなに書類が積み重なる事態となっているだろう。しかし、それで行き詰っているのなら、考え方を変えなければならない。

「では、人材が確保できれば、執務の代わりが利くということですよね」

「そうだな」

オレールが頷く。

「私が一緒に視察をしたい理由は――」

「領民の暮らしを知れば、改善すべきことがわかるかもしれないから……だろ?」

オレールがブランシュの言葉を攫って続けた。

「馬車の中で話したこと、覚えてくださっていたんですね」

「ああ。忘れるはずがないだろう」

ブランシュは鼓動が速くなってきたのを感じた。あの時の話を覚えていてくれたことがうれしい。

「領民の窮状を知るための視察と、代わりが利く書類仕事、どちらがオレール様にとって大切ですか？」

オレールは一瞬考えるように黙ったが、すぐ結論を出してくれた。

「もちろん領民が一番大切だ」

その結論に至ってくれたことに、ブランシュはほっとする。

「では、私との視察の日程について、真剣に考えてみてください」

「……そうだな」

オレールは少し考え込むと、シプリアンに向き直った。

「シプリアン。以前の補佐官と連絡は取れるか？」

「一応連絡先はわかっていますが、手紙を書いても返事はなく」

「であれば、人を送ろう。これまでの未払いの給金を支払うと言えば、頷いてくれるだろう。その上で、もう一度補佐官についてくれるよう頼むんだ」

「しかし、我が領にそんな余力は……」

シプリアンが、ブランシュの顔色をうかがいながら小声で言う。

「俺の騎士団時代の蓄えを使えばいい。ブランシュ殿の言う通り、ここに時間をかけている場合ではない」

「はっ。では明日にでもさっそく」

シプリアンが礼をして、バタバタと出ていく。

オレールはブランシュに向き直った。

「視察はどこに行きたいんだ？　レジスに行程の調整をさせるから教えてくれ」

「そうですね。郊外の農地が見たいです」

「レジス。馬車の準備と先触れを頼む」

「はい」

レジスは頭を下げ、通りすがりにブランシュに微笑み、執務室を出ていく。

残されたブランシュは、言いすぎたかと思い、ちょっと気恥しくなっていた。

「君の言うことは一理ある」

オレールは、ブランシュに座るようにと執務机の椅子を勧める。おとなしく座ると、オレールが机と椅子の背もたれに手を置いた。

椅子とオレールに囲まれたような構図になり、ブランシュはちょっとドギマギする。

「領主になったのだからと気負ってしまっていたようだ。……駄目だな。君が指摘してくれた通り、一番大事なのは領民の生活だ。無駄な時間をかけて、俺のプライドを守ったところでどうしようもない」

力の抜けた表情で、そう言ったオレールを見て、ブランシュも少し力が抜けてきた。

「……怒られるかと思いました」

「君は間違ったことを言っていない。これで怒るのはただの八つ当たりだ」

「オレール様」

安堵と共に涙が目尻に浮かぶ。しかしここで泣いては彼を傷つけてしまう。ブランシュはこっそり涙をぬぐって、笑顔を見せた。

つられたようにオレールが笑ったので、ブランシュは場を和ませようと続けた。

「では、明日は私とデートですね」

「デーっ……」

オレールが頬を染める。照れた顔がかわいく思えて、ブランシュはからかうように言った。

「聖女と仲睦まじい姿を見せるのは、領主としての立場を堅固なものにするためには、いいことだと思いますけれど？」

オレールは苦笑して、反論をのみ込んだ。

「君を利用しているようで、落ち着かないな」

「……利用なさればいいじゃないですか。私はかまいませんよ。それであなたの力になれるのなら」

「俺は、君を道具みたいに使いたくない。君には、幸せになってほしいんだ」

「だったら、オレール様もデートだと思って、楽しんでください」

ブランシュは机に置かれたオレールの手に自身の手のひらを重ねた。

「私、男の人とデートをするなんて初めてです。腕を組んで歩くとか、お菓子を食べさせ合うとか、物語でしか見たことのないやり取りもしてみたいです。せっかく出かけるのですもの。そういう楽しみも味わわせてくださいませ」

オレールが自然に近づいてきて、ブランシュの額にキスをした。

「――――！」

ブランシュは、今自分がなにをされたのか、一瞬わからず、おでこを押さえる。

「あ……。悪い。つい」

「び、びっくり……ドキドキ、しました」

赤い顔のまま、間抜けなことを言ってしまう。

オレールは目を細めて微笑むと、そんなブランシュをじっと見つめた。

「……では、明日も同じようにドキドキさせられるように努めよう。デートなんだろう?」

「は、はい」

　ふたりきりの空間が、急に気になってくる。

「あ、あの。私そろそろ……」

「ああそうだな。明日を楽しみにしている。……ありがとう。ブランシュ」

　オレールが敬称なしで名を呼んでくれた。ブランシュはそれがうれしくて、胸の高鳴りがますます強くなった。

＊　＊　＊

　ルネは猫の姿で屋敷を探索していた。

　聖女が連れてきた猫ということで、今のところ、ルネは皆から丁重な扱いを受けている。

　ルネにとって、世界の再構築は命を懸けた大事業だった。リシュアンの魔力を封じ、水晶化した彼の力を使って六芒星の結界を張った。これによって魔素がこれ以上失われることはなくなったので、ルネはリシュアンと組んで世界を再構築した。

ルネはその後数年を生き、王家と神殿の関係を整えたのち、その生涯を終えた。

しかし肉体がなくなった後も、ルネの魂が消滅することはなかった。おそらくは、結界を張る際に、自分を結界の一部として取り込んでしまったからだろう。

さまよえる思念体となった彼にとって、この世界は現実感のないものとなってしまった。どこをどう動かせば、世界はよりよく動くのか。どうすれば国が栄えるか、悪い思想を持つ奴らを、くじくことができるか。効率を求めるあまりに、彼にとっては国造りゲームのような様相さえ呈するようになった。

千年も生きれば感覚はどんどん鈍ってくる。誰が傷つこうが、誰が笑おうが、ルネにとってはあまり関係がない。予測を立て、その通りに動く未来を繰り返しているうちに、たいていのことには心が動かなくなってしまった。

だから、ブランシュに自分の声が聞こえていることに気づいた時は、驚いた。

千年の間、リシュアンとしか交流することなかったルネの心は、うれしさではやり、しかもその少女の頭に中に見たことがない世界が広がっていることを知り、もうとっくに失ったと思っていた高揚感が湧き上がってきた。

見たことのない世界。生きているのは同じ人間なのに、そして魔法がないのに、便利な機械を持って暮らす人々。

わくわくした。ルネはその技術の詳細が知りたい。それをこの世界にも生かすことができたら、もっと世界はよくなるかもしれない。だからこそ、ブランシュについていくことを選んだのだ。

（それにしても、ブランシュも変わっているよな）

慈善事業は嫌だと言ったわりに、今ブランシュがしているのは完全に領主のサポートだ。しかも無償の。

（僕は知っているぞ。お人よしって言うんだ。彼女みたいな奴のことは）

まるでリシュアンのようだ。

お人よしの魔獣は、騙されて洗脳され、戦いに身を投じさせられた。そして体を失い、まるで人柱のようにこの世界の一部となってからも、不満も言わずに神を演じている。おそらくは贖罪（しょくざい）の気持ちで。

（人のいい奴は、注意して見ていないと危ないんだ）

悪意だろうと善意だろうと、人は自分の許容を超えてかかえ込むと、壊れてしまうものだから。

（リシュアンが壊れたら世界は保てないし、ブランシュがいなくなったら、僕もつま

らないもんな）

ルネは一度思念体に戻り、ブランシュの部屋で再び猫の姿を構築する。

ベッドにぴょんと飛び乗ったら、ブランシュはスースーと幸せそうな寝息を立てていた。ルネはくすりと笑う。

「のんきだなぁ。君は」

ブランシュの隣に丸くなり、ルネは独りごちた。

＊　＊　＊

空は快晴。風も湿気が少なくいい気候だ。オレールとのデート……もとい、領内視察日和である。

屋敷の前でマリーズと共にオレールが来るのを待った。

「待たせた」

オレールは珍しく貴族服に身を包んでいた。ブランシュも、今日は聖女らしさを意識した白色のドレス姿だ。前回のマリーズとのお忍びとは違い、領主夫妻として出かけるので、それなりに威厳のある格好をしている。

「オレール様、今日は楽しみましょうね」

「ああ」

昨日の約束のせいか、オレールは手を差し出し、エスコートしてくれる。

大きな手は小さなブランシュの手を、簡単に包んでしまう。

「では馬車を回してまいりますね」

レジスがそう言い、厩の方へ走っていく。

昨日はデートですねとちゃかしてみたものの、本当にふたりきりになれるわけではない。実際、馬車には御者がいるし、レジスも補佐としてついてくる。護衛ふたりもうしろから馬でついてくるそうだ。

馬車が来るのを待つ間、ブランシュは先日気になっていたことをオレールに告げる。

「私は先日、マリーズとマラブルの街を見に行ったのですが、作物の多くは王都へ出荷されているそうです」

「そうなのか?」

「輸送費をかけたとしても、そちらに流した方が、実入りがいいということなのでしょう」

「そんなことがあるだろうか」

オレールは不思議そうだ。やはりこれも彼は知らなかったのだ。

「お待たせしました」

馬車がやって来て、ブランシュはオレールの手を借りて乗り込む。

「いってらっしゃいませ」

マリーズに見送られ、馬車は出発した。


街を抜けると、景色は一気に閑散とする。広大な平原が広がり、ところどころ家があり、その脇に広い畑や果樹園があった。かと思えば、耕地が続いている区画もある。

馬車の中では、オレールとブランシュが並んで座り、向かいにレジスが座っている。

「このあたりの農地の多くは地主の持ち物ですね。彼らに雇われている小作人が世話をしているのでしょう」

時折、レジスが説明してくれた。

馬車はやがて果樹園を持つ家の前で止まった。

「こちらの果樹園ではリンゴがメインで栽培されています。周辺は小麦の生産が一番多い地区です。昔はご家族で視察にも行かれたのですが、覚えておられます?」

レジスに聞かれ、「そうだったか?」とオレールは小首をかしげる。

「オレール様は、口下手でしたからね。いつも母君の背に隠れてばかりでしたもんね」

「何歳の頃の話だよ」

「十歳くらいじゃなかったですかぁ?」

レジスから聞かせてもらうオレールの話は新鮮だ。

「もっと聞かせてください」

「やめてくれ。おもしろい話じゃない」

「どうしてですか? 私は、オレール様のことがわかって、楽しいですけど」

素直に言えば、オレールは頬を赤らめた。

「……ガキの頃はいじけてばかりだったから、ろくな話はない」

「今もじゃないですかぁ」

容赦なく胸に突き刺さるようなことを言うのはレジスだ。

だけど、側近が言いたいことを言える環境は大事だと思う。レジスの人柄もあるかもしれないが、オレールに寛容さがなければ、こんな側近は置かないだろう。

自分も、彼とは二心なしに話し合える関係になりたいと思う。

「領主としていくのですから、笑顔が大事ですよ、オレール様」

「笑顔……?」

オレールがぎこちなく微笑む。これは逆に怖いかもしれない。報告書を読む時の表情の方が自然でまだ感じがいい。

「ぎこちないですね」

「……仕方ないだろう。笑うことなど……」

「なかったんですか?」

騎士だって、朗らかな人は朗らかだ。笑うことがない人などいない。

「俺は、……顔がいかついだろう。笑うと逆にすごみが増すと言われたことがあってな。人を怖がらせるんじゃないかと思うんだ」

「誰がそんなことを言ったんですか」

意外な繊細さに、ブランシュはおかしくなってしまう。

(でも、……きっとそういったことのひとつひとつに、傷ついてきたのよね)

ブランシュはダヤン家に来てから、レジスや家人にオレールの昔のことを聞いた。

皆が共通して言うのは、彼が兄の陰で目立たないようにしていたということだ。

それでも、かつて騎士団に一緒に在籍していたこともあるという護衛兵の話を聞けば、控えめだが真面目で実直だし、落ち込んでいる人間をさりげなく励ましたりと騎士団内では人望があったらしい。だからこそ副団長にまで出世したのだとか。

（意外に繊細で、周囲に心配りができる人……。もっとみんなに、オレール様の本当の姿を知ってもらえたらいいのに）

ブランシュは今はもう、彼を怖いと思う気持ちはなくなっていた。

それどころか、彼の力になりたいとばかり思ってしまう。

「怖く見えるのは、笑おうと気負いすぎてぎこちなくなっているからですよ。オレール様が自然に笑った時の顔は素敵です」

「はっ？」

オレールがぎょっと目を見開く。

「本当です。私、何度か見ましたもの」

ブランシュが断言すると、オレールは真っ赤になって黙ってしまった。

（ちょっとかわいい）

ブランシュは自然に頬が緩んでしまう。

農園に入ると、わらわらと人が寄ってくる。

最初に屈託なく近づいてきたのは子供たちだ。

「わあ。聖女様だ！」

「あの方が、お輿入れなされたっていう聖女様かい？」

色めき立つ領民たちに、ブランシュはすかさず微笑みかける。

「皆さん。ブランシュ・アルベールと申します。領主様の婚約者として、これから一年滞在させていただきます。どうぞよろしくお願いいたします」

「まあまあ、聖女様が私らにもこんなに気さくに」

群がってくる領民に、オレールは顔をこわばらせている。

「ゴホン」

彼の咳ばらいに、びくっと体を震わし、子供たちは親のうしろに隠れてしまった。

ブランシュは、空気を和らげようと笑顔を向けた。

「オレール様も領主となってから視察は初めてではないのですか？　まずはご挨拶なさったら」

「あ、ああ。新領主となったオレールだ。皆、よろしく頼む」

「こちらこそ。領主様、どうぞ農園の中の方へ」

大人たちはほっとした様子を見せたが、子供たちはまだ不審そうにオレールを見上げている。

「さあ、行きましょう」

ブランシュはあえて明るい声で、子供たちの手を引いて歩いた。

農園は、獣よけのネットで覆われていた。リンゴの木が等間隔で並んでいる。

早春である今は、リンゴの木の剪定を終えたところなのだそうだ。

その後、作業小屋を見学させてもらうと、乾物やジャムがたくさんストックされていた。

「こちらはなんですか？」

「冬の間、生産したものを、乾燥したり加工したりしております。領内で扱っているのは加工品が多いのです」

「まあ、どうしてですか？」

「多くの生鮮品が王都に出荷されてしまうので、残るのは見目の悪い品が多いのです。それで、見た目が気にならないよう加工して販売しています」

「なるほど、考えられているのね」

話しているうちに、オレールが少し興味を持ったようだ。出発前にブランシュが話したことも気になっていたのだろう。

「……なぜ、領内で優先して売らないんだ？」

「王都に下ろした方が高く買い取っていただけますから」

男は気まずそうに言う。

ダヤン領は物価が安い。それは、一見いいようにも見えるが、実際は経済の流通から取り残されているということだ。

安値で販売されるダヤン領にはいい作物は回らず、売れないから給料も上がらない。

男はもの言いたげにオレールを見た。

「なんだ？　気になることがあればなんでも教えてほしい」

「……でも」

「なんでも話してください。知らなければ改善もできませんから」

ブランシュが後押しするように言うと、男は勇気をもらったかのように口を開いた。

「税金も安いのは助かっていますけど、この領自体に魅力がないのは事実です。道路もボロボロですし、観光客も来ない。このままじゃ、俺たちだっていつか農園をたたんで出ていかなきゃいけなくなるかもしれない」

「……そうか」

オレールは怒ったりはしなかった。ただ、思うところがあったのか、黙ってしまった。

ふたりはその後、農園の外に出た。広大な農地を眺めていて、ふと、ブランシュはキラキラと光る一角に目を留めた。

「あの水を張っている畑は？」

「あそこは水田ですね」

「お米も作っているのですね！」

この国の主食は小麦だ。米はめったに出てこない。でも最初に馬車でダヤン領に入る時に、米も作っていると言われたことを思い出した。

「ああ。米は高温多湿を好む。うちの領土は山が多いだろう。そのせいなのかはわからないが雨が多く、生産には適しているそうだ。しかし米はあまり利用法が知られておらず、生産したところでどうすればいいのかという感じがするな」

「たしかに、王都で米はほとんど見ませんでした」

「炊いても芯が残って固いんだ。炊き込みの料理くらいでしか使われないな。王都から求められるのは小麦ばかりだ」

「そうなんですね」

でもせっかく生産しているのなら、使わなければもったいない。幸い、米を使ったレシピなら、ブランシュの頭の中にいっぱいある。

「私、お米を食べたいです」

「そうか？　では料理長に伝えておこう」

「はい」

（ん？　待って。これ、いいんじゃない？　お米を使った料理なら、ほかの領ではあまりなく、ダヤン領独自の食文化にできるかもしれない）

　その思いつきに、ブランシュがわくわくしていると、遠くから悲鳴が響いてきた。

「うわあっ」

「ブランシュ、下がれ！」

　瞬発的に、ブランシュの視界がオレールの背で覆われた。どうやらかばってくれたらしい。

「な、何事ですか？」

「しっ、身を低くしていろ」

　オレールは真剣な眼差しで山林のあたりを見ている。

　目を向ければ、土煙が見える。近づいてくる生き物を見て、血の気が引いた。

「イ、イノシシ……！」

「下がっていろ」

　レジスにブランシュを任せ、オレールは剣を引き抜き前へと出て、護衛に目配せをする。

「オレール様」

「右手から回れ、囲い込むぞ」

「はっ」

執務中の優柔不断な様子などなんのその。彼は一瞬で状況を把握し、イノシシを仕留めるための指示を細かに出し始めた。ふたりの騎士が間を囲うように動き、あっという間にイノシシを追いつめる。

「ああ……俺の畑がぁ」

イノシシに立ち入られた農地の持ち主は、肩を落としていた。

イノシシはにおいが強く、入り込まれた畑の作物は、ほぼ駄目になると思っていい。

ブランシュは前世でも同じように困っていた人をたくさん見てきた。

やがて、オレールたちに捕獲されたイノシシを前に、ブランシュは思わず口を出していた。

「あのっ、それ、血抜きしませんか……！」

「血抜き？」

間の抜けた声を出したのはオレールだ。

　しかし、ブランシュの頭の中では、咲良の記憶が勢いよく巡っていた。

　前世では、害獣被害をきっかけにジビエ料理店ができたほか、皮や骨を加工する店もあった。地域全体で、増え続けるイノシシと、住民の畑を守るための活動がおこなわれていたのだ。

「早く血抜きをすると、おいしい猪肉（しし）になります。骨は出汁を取るのに使えますし、皮は牛革よりも長持ちするそうです」

「君はいったい……」

　オレールをはじめとする領民たちの怪訝な表情で、我に返る。

　この世界では、イノシシは害獣として扱われ、まだ誰も食したこともないのだった。

「……と、リシュアン様から聞いたことがあります」

　慌ててごまかしたブランシュに領民たちはわっと歓声をあげる。

「イノシシは、くさいから食べられないだろうと勝手に思っていましたが、食用にもなるのですか」

「ええ。しかし処理方法を間違えるとくさみが出ます。まずは首の動脈……血管を傷つけ、血を抜くのがいいでしょう。その後皮をはぎ、肉を取り出します」

　人によっては顔をしかめている。

しかし、命をいただくということは、そのすべてに責任を持つことだ。中途半端な偽善など、物の役にも立たない。

「私たちは、生きるため、畑を守るために彼らを駆除しました。であれば、いただいたその命を余すところなく活用することも大事なのではないでしょうか」

考え方は、それぞれ。死してなおその体を利用しようなどとんでもないと言う人もいるだろう。

領民がどちらに転ぶかは、領主の意見に左右されると、ブランシュは思った。騎士として生きた彼は、おそらく名誉を重んじるタイプだろう。だとすればブランシュの意見は反対されるかもしれない。

祈るような気持ちで、ブランシュはオレールを見上げた。

「……新しい特産物にはなるかもしれないな」

彼から飛び出たのは、意外にも前向きな言葉だ。

「近年、穀物の生産高が落ちているのは、害獣のせいもあるのだろう。それを捕獲するのは急務だと考えてはいた。その害獣を使ってなにかできるなら、試してみるべきだと思う。少なくとも今のままでは、領民の暮らしはよくならないのだから」

彼の言葉に、領民たちは顔を上げた。

「俺たちの暮らしのこと……考えていてくださったんですか？」

　すがるような瞳に、オレールは一瞬たじろいだようにも見えた。

「ああ。だが俺には、害獣を活用しようというところまでは思い至らなかった。聖女……ブランシュの意見は、一考するべきだと思う」

　領民たちは互いに顔を見合わせ、やがて顔を緩ませる。

「そ、そうだよな。駆除したって、こいつを処分するのも大変なんだし」

「でもイノシシの肉なんて、本当に食べられるのかしら」

「それに関しては、私に任せてください。最初からうまくできるかはわかりませんが、方法だけならわかるので」

　前世の知識といっても、咲良がしていたのは、調理の部分だけだ。肉はある程度さばかれた状態で入荷していたし、調味料もここですべてが手に入るかわからない。だけど突然戻った前世の記憶も、ここに嫁ぐことになったことも、すべては神の思し召しだとしたら、試してみない手はないと思うのだ。

「オレール様、私に、イノシシを使った事業を後押しさせてもらえませんか」

　真摯に願えば、きっと届く。オレールはそう思わせてくれる人だ。

　彼はブランシュの前にひざまずくと、彼女の右手を取り手の甲へ口づけた。

「こちらの方からお願いしたい。君と神の知識でもって、我が領に救いをもたらしてほしい」

見上げてくる彼の瞳に、いつものどこかを睨んでいるような厳しさはなく、ただいたわるような優しさがあった。怖い印象のあった顔も、今はどこか甘い感じがする。

ブランシュの胸は、ドキドキと高鳴る。

ブランシュの提案に対しての理解が、彼はものすごく早い。それは、今まで、いろいろなことを調べて、領民のためにどうすればいいかをずっと考えていたからだろう。そうでなければ、名誉を重んじる騎士がこんな結論を出せるはずがない。

「君はすごいな。イノシシを活用しようなんて、きっと誰も思いつかなかっただろう」

「……彼らのためになにかしたいというオレール様のお気持ちがなければ、私の言葉が形になることはありません。オレール様のお気持ち、もっと言葉に出してください。そうすれば領民たちから助けを得られることがきっとあるはずです。私もなにか役に立てることがあるかもしれません」

「……そうだな」

恥ずかしそうな、少し途方に暮れたような顔で、オレールが笑う。

彼は、これまで自分の気持ちを誰かに伝えて、受け入れてもらえることがあまりなかったのかもしれない。

そう思えば切なくもあり、自分だけはオレールの気持ちを聞き漏らさないようにしたいと、ブランシュはひそかに思ったのだった。


こうして、ブランシュ主導のもと、ジビエ料理の開発が始まった。

もともと狩り文化があるダヤン領では、イノシシの捕獲自体は、オレール主導で結成された捕縛隊がうまくやってくれた。しかし、難しいのが解体だ。牛や豚の解体業者に頼んではみたが、勝手が違うのか今ひとつといい肉にならない。

食べることに関しても、イノシシを食べる習慣が今までなかったせいか、皆怪訝そうな顔をする。

あとは、皮の加工だ。ダヤン領にはそもそも皮のなめし職人がいない。

「他領から職人を引っ張ってくるか」

オレールの提案に、ブランシュも頷く。

「それが早いかもしれませんね。革細工の盛んなところはどこか、リシュアン様に聞いてみましょうか」

言えば、オレールはぎょっとした顔をする。

「神はそんな問いかけにも答えてくれるのか？」

「聞けば……ですけれど。リシュアン様は気軽になんでも教えてくださいますよ？」

「いや。調べればわかることは自分たちですればいい。レジス、革職人について調べてくれないか」

「かしこまりました」

てきぱきと指示を出していく姿は頼もしい。オレールは目的さえ決まれば、動くことには躊躇のない性格のようだ。それに、なんでもかんでも神頼みにしないところはとても好感が持てる。

「肉の加工については私にお任せください。いろいろ試してみたいので、厨房を借りても？」

「ああ、それはかまわない。しかし、聖女の君が肉の……しかも猪肉の調理法など思いつくのか？」

「それこそ、リシュアン様のご意見も聞きながらですわ！」

とりあえず、前世での知識を披露する時は、すべてリシュアンから聞いたことにしようと思うブランシュだった。

解体された猪肉が屋敷に届けられ、ブランシュは厨房に向かう。

ここからは前世での得意分野だ。

といっても、ブランシュでは勝手のわからない部分もあるので、屋敷の料理人たちにも手伝ってもらう。

まずは肉の状態をチェックし、赤みが強い場合は、血が抜けきれていないので塩水に漬け込む。

すぐに水が赤くなってくるので、水を取り替える。それを繰り返していくと、肉の赤みが白っぽくなっていくのだ。

(焦っちゃ駄目よ。ここが重要)

くさみの原因は血抜きの失敗だ。肉を軽くもみながら、血を染み出させる。

「そろそろいいかしら」

その後、筋を取り、大鍋で軽くゆでる。これでくさみが取れ、普通の肉のように扱えるのだ。

今回使う分を取り分け、残りは塩漬けにして長期保存できるようにした。

「さて、なにを作ろうかしら」

できれば、これを領の目玉としたい。日持ちするような加工ができれば最高だ。

「……チャーシューとか？　丼メニューにもできるものね。せっかくだし米も利用したいわ」

ブランシュは猪肉のひと固まりに何度もフォークを突き刺し、火が通りやすくした。煮崩れを防ぐため、麻ひもも巻きつける。

鍋に入れしばらく煮たのち、ショウガ、ネギ、砂糖、日本でのしょうゆに似た味の魚醬（ぎょしょう）、白ワインを加えて味を調える。あとはじっくり煮込むだけだ。

「しばらく火加減を確認しながら煮ていてもらえますか？」

厨房の料理人にそう指示を出し、野菜を物色する。氷を入れた保冷庫に保管された野菜は、葉物が多い。ブランシュはルッコラなどを使ったサラダを作った。

前世では賄いのメニューだった猪肉丼だが、素朴なダヤン領であれば、これこそが受けるような気もした。

丼用の肉を煮込むのに時間がかかるため、その間に鍋料理も作る。ショウガを多めに入れ、塩を使って味をつける。猪肉の定番といえば味噌鍋だが、ここでは味噌が手に入らないので、塩で代用だ。できるだけ近い味付けになるよう、今ある調味料で工夫した。

「どうかしら。味見してくれる？」

「はあ」

料理人たちは皆、怪訝そうな表情だ。しかし、味見をした途端、顔がぱっと晴れ渡る。

「これ、おいしいですね。コクがあります」

「おお、本当だ。思ったよりもくさみがない」

「これなら、オレール様も気に入ってくださるかしら」

ブランシュが問いかければ、料理人たちは少し困ったような顔をする。

「どうでしょう。俺たちも、オレール様のことはよくわからないんです。オレール様はあの通り無口で、いつも怒っているみたいなので」

たしかに、オレールは常に難しい顔をしている。でも……。

「怒ってはいないと思いますよ」

ブランシュは、あんなに一生懸命頑張っているオレールが、誤解されているのが悲しい。

(本当は優しい方なのに……)

みんなに、色眼鏡（いろめがね）なしで、今のオレールのことを見てほしいと思う。

「誰か、オレール様を呼んできてちょうだい。ここで味見してもらいましょう?」

ブランシュは努めて明るい声を出した。

誤解されているのなら、それを解けばいいのだ。オレールが不器用でみんなと打ち解けられないというのなら、自分が間を取り持つ存在になればいい。

しばらくすると、慌てた様子でオレールが厨房に入ってくる。

「ブランシュ。なにか用でも……」

「オレール様、味見をしてほしいのです。イノシシ料理がこの土地で受け入れてもらえるかどうか、領主として判断してください」

ずいと差し出されたお椀のにおいを嗅ぎ、オレールは一瞬驚いた様子だったものの、すぐに表情をほころばせた。

「うまそうだな」

「お口に合うといいのですけど」

彼が咀嚼(そしゃく)するのを、ブランシュと料理人たちは息を飲んで見守った。

「……うまい！」

彼の口もとが自然に緩んでいた。この表情を見たかったのだと、ブランシュは思う。

料理人たちも、彼の自然な笑顔に見とれている。

「すごいじゃないか、ブランシュ。猪肉料理なんて、王都でも聞いたことのないような珍しい料理だ。これを、観光の目玉とするのはどうだろう?」

オレールがすぐにその提案をしてくれたことに、ブランシュはうれしくなる。

「私もそうしたいって考えていたんです!」

「手っ取り早く、領内を活気づかせるには、人を呼び込むことが一番だ。領内を整備したくとも先立つものがなければ進まないしな」

「はい!」

「であれば、まず料理人の育成と、店の立地。それから……」

オレールの頭の中で、ジビエ事業が動き出したのがわかる。

自分の言葉が、彼の中でちゃんと生きている。それがわかってうれしくて、ブランシュは顔が緩んでしまうのを抑えられない。

「ありがとう、ブランシュ。この料理にかけてみたいと思う」

「はい。私も、もっと頑張って、料理の種類を考えてみます」

「わ、我々も頑張ります。オレール様、ブランシュ様、自分たちも一緒にやらせてください」

使用人たちがそう言い、皆が一丸となる空気ができた。

オレールを見上げると、彼は感動したように目を見開いている。ブランシュは彼の腕にそっと手を添わせた。

「……どうした？」

「オレール様、皆さんにお言葉を。私たち、一緒に頑張る仲間ですもの」

「あ……」

オレールはハッとして、もう一度厨房にいる使用人たちを見回した。

「みんな。ダヤン領を復興させるため、猪肉料理の店を開こうと思う。うまくいくかは、君たちの頑張りにもかかっている。どうか、俺に……このダヤン領のために力を貸してほしい」

「もちろんです。領主様！」

にわかに盛り上がり、ブランシュはようやく屋敷の中に一体感が生まれたような気がした。

にぎわいを聞きつけてやって来たシプリアンは、感激で目尻を押さえていたし、レジスは目を細めながら、堂々と語るオレールを見ている。

（みんな、オレール様が打ち解けてくれて、うれしいんだわ）

胸が熱い。ブランシュは、この日のことを一生忘れないだろうと思った。

ジビエ料理店、開店!

　ブランシュの生活は、朝の清掃から始まる。

「リシュアン様、おはようございます」

《ブランシュ、おはよう》

　セザールをはじめとする小神殿の神官たちは、毎朝清掃に訪れるブランシュに慣れ、恐縮することもなく迎え入れるようになった。

　そして、毎日、水晶の間を嬉々として清掃をする彼女を見て、感嘆の息を漏らしながら、「この方は、まぎれもなく聖女様だ」と言うのだ。

　終わった後は、オレールと共に朝食を取り、昼は商品開発を兼ね、料理人たちと共にジビエ料理を作る。

　夜はオレールと話し合いだ。オレールはブランシュが前世の記憶をもとに思いついた斬新な提案をおもしろがり、採用を決めた場合は、それを実現するために惜しみなく協力してくれた。

「では……」

「ああ。革職人を数名、招くことができた。イノシシの皮というところに興味を持ってくれてな。領民を数人弟子入りさせてもらい、技術を仕込んでもらうことになっている」

「ありがとうございます！」

オレールは、騎士団の業務でいろいろな土地を訪れており、各地の特産物や事情に詳しかった。それはブランシュの苦手分野でもあったので、次々と課題をクリアしていく彼のことが、とても頼もしく思えたのだった。


商品開発に努め、領主主導で始めたジビエ料理店は、ブランシュがダヤン領に来てから五ヵ月後にようやく開店した。

一号店はマラブルの商店街の一角に作った。できるだけ早く営業できるようにと、店舗は空き家を改装して作ったものである。

ブランシュが正面からお店を感慨深く眺めていると、足もとにルネがやって来る。

《しかし、金もないのによくこれだけのことをやったな》

「実は少し借金しているの。それでも、これで結果が出せれば取り戻すことができるもの」

《オレールにしちゃ冒険じゃないか》

「だからこそ、失敗なんてさせられないわ」

今日の開店を成功させるために、ブランシュは近隣の領にチラシを配布した。前世では古典的な手法だが、この国では、宣伝は口コミだけなので、目立つはずだ。

ほかに大きな特産のない、交通の要所にもなり得ないダヤン領で人を集めるには、とにかく奇抜な発想で注目してもらうしかない。

料理店の店員は、料理人がふたりと配膳メイドが五人だ。

「お客様、どう？」

祈るような気持ちで聞くと、メイドは少し困ったような表情だ。

「ちらほら……ですね」

「そう」

店内を覗くとたしかに客数は少ない。現在昼の十一時。まだ昼食には早い時間ではあるが、新店の開店という点で考えれば少ない感じがする。

「とりあえず、今日来てくれた人に満足してもらえるように努めましょう？」

ブランシュはそう言うと、自ら接客を買って出た。

聖女とはばれないよう、目立つ薄紫の髪は結い上げ、三角巾で隠しておく。

「いらっしゃいませ」

明るい声と笑顔に、客はほっとしたように顔をほころばせる。

「お姉さん、俺、猪肉って初めて食べるんだけど、どれがおすすめ?」

「そうですね。こちらの丼セットがお得になっていますよ」

屈託なく話すブランシュの姿を見て、配膳メイドも顔を見合わせ頷き合う。

「私たちも、しっかりしなくちゃ」

《仕方ないなー。僕も手伝ってあげるよ》

ルネまでが、表に出てにゃーにゃー客引きをしてくれる。

客は、最初は怪訝そうだったが、料理を口にすると「うまい」と声をあげてくれた。

やはり、庶民向けに丼メニューをメインにしたのは正解だったようだ。

その後は、最初のお客が呼びかけてくれたこともあり、客は順調に入ってきた。

途中、様子を見に来たオレールは、その繁盛具合に驚いたようだ。

「すみません。オレール様、もう少し後で……」

「どこが大変だ?」

「え?」

「どこを手伝えばいいと聞いている」

上着を脱いで、腕まくりをして、オレールはさも当然というようにそう言った。

ブランシュも驚いたが、使用人たちはもっと驚いたようだ。

「そんな、領主様に手伝っていただくなんて」

「これはうちの事業だろう。人手が足りないなら、誰であろうと動くべきだ」

それは、騎士だったことのあるオレールだからこそ、出る言葉だろう。

「では、茶碗を洗っていただけますか?」

ブランシュが挑むような気持ちで言えば、オレールは不敵に微笑み「ああ」と頷く。

——その、すがすがしそうな表情が、ストレートにブランシュの胸に突き刺さる。

(……っ。格好いい!)

胸がドキドキしていた。まさかこんなタイミングで、いい笑顔を見られるなんて思わなかった。

そして、どこか吹っ切れたような彼の笑顔は、なんだかすごく、眩しいのだ。

しばらくすると、店の方から怒鳴り声が聞こえてきた。

「なんだ? これは!」

せっかくお客も入っているのに、店内の空気が悪くなる。嫌な予感しかしない。

「ブランシュ、俺が行こう」

オレールが出ようとしてくれたが、ブランシュはあえて止めた。

「私が行きます。いきなりオレール様が出ると角が立ちますから」

なんといってもブランシュは、前世の職場で経験を積んでいるのだ。理不尽に怒る客にも慣れている。

彼にじっとしているように言い添えて、客席の方に向かうと、大柄の男の人が配膳メイドに向かって叫んでいた。

「イノシシなんかを食わせるなんて、なにを考えていやがる」

「す、すみませんっ」

男は威圧的で力も強そうだ。配膳メイドはすっかり怯(おび)えて涙目になっている。

「お、お客様。すみません。どうかされましたか?」

「ああん?」

男が、ブランシュの方に目を向ける。ぎらぎらした目つきに、ブランシュは不快感を覚えた。体が大きく筋肉質なところはオレールと一緒だが、全体の印象は全然違う。

相手がブランシュのような若い女性だと知ると、男はいやらしく笑った。

「新しい店だって言うから来てみれば、くっせぇイノシシを売っているって言うじゃねぇか」

「そうです。試行錯誤を重ねて、イノシシをおいしく食べられるようになったから、出店したんです。どこかに問題がございましたか？」

半泣きの配膳メイドを引き寄せ、自分のうしろに下がらせる。男の剣幕はブランシュも怖かったが、配膳メイドを落ち着かせるために、あえて平静な声で、優しく肩を撫でた。

「大丈夫よ。厨房に戻っていて」

「でも」

「ここは私に任せて」

大きな声と圧で、人を言いなりにさせようとする人間は、咲良の頃によく出会った。咲良なら、そして以前のブランシュなら、怯えて理不尽をのみ込んでしまったかもしれない。だけど、ブランシュは変わろうと決めたのだ。領民とオレールとみんなで頑張ってつくり上げたこの店を、否定されて黙ってなどいられない。

男は、配膳メイドが下がっていったことにも腹を立て、ブランシュの顔の前にスプーンを突き出した。

「イノシシなんて売り物にならねぇって言っているんだ」

「私たちは、おいしいと言っていただけるものを提供している自信があります。それでも個人の嗜好でお口に合わないことはあるでしょう。イノシシがお嫌なら、今後ご来店はお控えいただければと思います。専門店ですので、提供できるのは猪肉だけとなりますし」

あくまでも正論をぶつけると、男の怒りは頂点に達したらしい。

「貴様ぁっ」

突き出されたスプーンが床に投げつけられ、金属音が響き渡った。ブランシュの足が、自然に震えてくる。でも逃げたくない。こんな男に怯えていると思われるのは嫌だった。

「やめろ」

低い声で、割って入ってきたのはオレールだ。

「誰だ、お前は」

「俺を知らないのか？　自分の住む土地の領主の顔くらい覚えてほしいものだが」

「えっ、領主様？」

「そうだ。そして彼女は俺の婚約者であり、神の声を聞く聖女だ」

「はあっ？」

男は、もう一度ブランシュを見て、途端に態度を変える。

「す、すみませんでした。聖女様だなんて知らず」

しかし、今さらへりくだられてももう遅い。オレールには許す気などなさそうだ。

「おかしな話だな。聖女の言うことは聞けるのに、ただの女の話だったら聞けないと？」

男に負けずとも劣らない威圧的な視線で、オレールが睨む。

「それは……」

「彼女の言う通り、この店では、おいしく食べられるよう調理してイノシシ料理を出している。食べて合わなかったというならもう二度と来なければいいだけの話だろう？」

オレールに責められ、男はだんだんタジタジとなっていく。

「とにかく、難癖をつけたいだけなら出ていけ」

やがてオレールによって外に放り出された男は、入り口付近で呼び込みをしていたルネにも踏まれた。

店内に平和が戻り、ブランシュもほっとする。

「ありがとうございました。オレール様」

「いや、君が馬鹿にされるのは、自分がされるよりも腹が立つ」

「え……」

深い意味はないのか、さらりと言って厨房へと戻ってしまったが、言われたブランシュの方はドキドキしてしまう。

最近、ブランシュはオレールの言動に振り回されっぱなしだ。

「ブランシュ様、新しいお客様です」

「あっ、はいっ。いらっしゃいませ」

先ほどの男のように、言いがかりをつけてくる人間はいたものの、初日の入りは上々。反応もなかなかに上々だった。

一日を終えた従業員の顔は晴れやかで、料理人たちは早速、明日の仕込みにとりかかっていた。

それを、オレールが微笑みながら見つめていて、ブランシュは彼のやわらかい笑顔に見とれてしまっていた。

視線に気づいたのか、ふと、彼がこちらを向く。心臓が跳ねて、ブランシュは反射的に目をそらしてしまった。

「ブランシュ」

「は、はいっ」

心臓がドキドキする。正面から彼の顔を見るのが、なぜかとても恥ずかしく感じた。

「ありがとう。君のおかげだ。こんなに楽しそうな領民の姿を見られるなんて」

(喜んでくれた)

それだけで、胸がいっぱいになる。温かいものが、炭酸みたいに胸ではじける。

「いいえ。私は私がやりたいことをしただけです」

「俺ひとりでは、きっと今も机の前で悩んでいただけだったろう。君がいてくれたから、俺も変わることができたんだ」

すっとオレールが手を差し出す。意味がわからず戸惑っていると、オレールはブランシュの手を掴み、その甲に口づけを落とした。

「ありがとう。心から感謝する。どうかこれからも、ダヤン領に力を貸してほしい」

「も、もちろんですっ」

頑張ってきてよかったという気持ちが湧き上がる。そしてもっと、オレールの喜ぶ顔が見たいと、ブランシュは心の底から思ったのだった。

ジビエ料理店の客は、徐々に増え、その物珍しさから噂もよく広がった。

「今日も満員ね」

一週間もすると、領内の人間だけではなく、ほかの領の人間が、ジビエ料理を食べるためだけに、マラブルにやって来るようになった。

「やれやれ、ここまで来るのは大変だったよ。道がもっと整備されていればいいのになぁ」

お客様の愚痴は、改善のヒントでもある。

ブランシュは接客を中心に手伝いに入り、人の話に耳をそばだてていた。

「ここってあれだろ？　神託で聖女が嫁いだっていう」

「そうらしいな。聖女様にもお目にかかりたいもんだが」

（……ここにいますけどねー）

店ではあえて聖女は名乗らない。ここでは純粋に、ジビエ料理を楽しんでもらいたいのだ。

忙しい昼時を終え、ブランシュは店内をじっくり眺めた。

自分のジビエ料理店を持つのは、咲良の夢だった。図らずも、その夢は今世で叶えられたわけだけど。

（でも、……やっぱり今の私は咲良じゃなくてブランシュなのよね）

咲良だったなら、これから新しいジビエ料理を考えたり、店を大きくすることに胸を躍らせたことだろう。でもブランシュは、徐々にジビエ料理店はほかの人の手に任せていこうと思っていた。

まぶたの裏に浮かぶのは、オレールの姿だ。

今のブランシュのしたいことは、彼を喜ばせることだ。不器用な彼が、笑っていられるよう、サポートしていきたい。ずっと隣にいられれば、それだけで幸せになれる気がする。

（私は、彼が好きなんだわ）

改めて自覚する。不器用で真面目で、優しい彼を、ブランシュはいつしか好きになってしまったのだ。

「今の私の夢は、オレール様を支えることだもの」

言葉にすればすっきりした。

「ブランシュ、いるか？　少し相談があるんだが」

「はいっ」

街を巡回していたらしいオレールが入ってくる。

「では、お店はお任せしますね」

料理長にひと言告げ、ブランシュはオレールと共に外に出た。

「オレール様、なんでしょう」

「この間言っていた、道路整備の話なんだが、王都への道を優先に進めていくことが決まった。一応報告だ」

「いいですね。レンガ事業者のめどもついたのですか?」

「ああ。快く引き受けてもらえた。領境の領民たちも冬の間の仕事として引き受けてくれると言ってくれたし」

オレールが生き生きとしているのがうれしい。それに、決めてから実際の計画に落とし込むまでが、彼は早い。人を率いる才能は、おそらく騎士団時代に磨かれたのだろう。

「リシュアン様から、なにか注意することが聞けたら、またご相談しますね」

「ああ。ありがとう」

ふたりで力を合わせている実感が持てることが、なによりもうれしく、ブランシュは幸せを感じていた。


それからひと月。ジビエ料理店は順調に繁盛していた。

新しい料理の噂が広がり、ほかの土地から、ジビエ料理の作り方を学びたいと料理人が集まるようになったのだ。

イノシシによる農作物の被害は、ダヤン領だけの問題ではない。

オレールは、ブランシュさえ嫌でなければ、猪肉の処理方法を教えて、各地でも役立ててほしいと言った。

これには、料理人の中に反対する人間が多くいたが、ブランシュは賛成だった。

やり方を独占したところで、いつかは広がっていってしまうものだ。それよりは皆で切磋琢磨して、どんどん新しい発見をしていった方がいい。

一時的に、ダヤン領でイノシシ狩りが増えたため、この年は田畑が荒れることも少なかった。

「ふふ、今年は収穫物も多そうだって言っていたわ」

《神託さまさまって、店の客は言っていたぞ》

水晶の間を清掃しながら、ブランシュはルネと話していた。

《いやでも、僕にも害獣を食べるなんて発想はなかったもんなぁ》

楽しそうに語るのはルネだ。

「私も前世で最初に聞いた時は、大丈夫かなって思ったわ」

おいしく料理ができるまでには、様々な先人の苦労があった。その知識を得られただけでも時間の短縮になるというものだ。

「ブランシュ、ご苦労だな」

声がして、驚いて振り向くと、オレールがいた。

「オレール様」

「毎日、綺麗に清掃していると聞いている。神と話しながらだと」

「え、ええ！　リシュアン様もお喜びになっていますよ。ダヤン領に活気が戻るのはいいことだと」

オレールは曖昧に微笑み、ブランシュの手から箒を取った。

「朝食を終えたら、一緒に出かけないか？」

オレールの方から誘ってくるなど珍しい。

「ええ。かまいませんが」

「では後で」

そのまま、オレールは行ってしまう。

朝食を終えてから、ブランシュはベレニスに外出用の服を見立ててもらった。

「素敵ね。ありがとう」

「旦那様とお出かけなのでしょう？　おしゃれしていただかないと」

上品なブルーのドレスに、いつもはふたつに結んでいる髪は下ろし、トップの部分を編み込んでもらった。

神殿では聖女らしさを求められたので、自分のためにおしゃれするということはなかった。こんなにも気持ちがウキウキするものだなんて、初めて知った。

「ありがとう、ベレニス」

身支度を整え、部屋を出る。足もとについてきていたルネが、《まあ、気をつけて行ってこいよ》と言った。

「ルネは行かないの？」

ルネは鼻で笑って尻尾を立てた。

《わざわざデートの邪魔をする趣味はないからな》

（デート？）

最近のオレールとの外出は、そのほとんどが視察だ。だから今回のお誘いも、そうなんだと思っていた。

「お待たせしました」

「待ってなどない。……よく似合っているな。ドレス」

差し出された手に、右手をのせれば、ふわりと優しく微笑まれた。軽く腰に手を回され、丁寧なエスコートをされると調子がくるってしまう。

（……本当にデートみたい。なんだか緊張してきたわ）

「今日はどこに行くんですか？」

「君に見てほしいものがあるんだ」

オレールはブランシュを馬車に誘う。

「レジス、例の場所へ」

「はい！」

どうやら御者はレジスが担当するらしい。

馬車の小窓のカーテンも引かれていて外が見えず、どこに行くのかがよくわからない。でもそれほど時間が経たずに馬車は止まった。おそらくマラブルを出てはいないはずだ。

「ここだよ。ブランシュ」

「え？　……靴屋さん？」

オレールはブランシュの手を引いて店内に入る。店といっても、この世界の靴は既製品がない。基本、注文して作るものなので、置いてあるのは靴型や加工前の革ばかりだ。

けれど、奥のテーブルに、一組の編み上げブーツが用意されていた。

「ブーツ?」

「イノシシの革を使った靴だ。君のサイズで注文していたものが、ようやく完成したんだ。履いてみてほしい」

やや白みがかった茶色の靴だ。表面はざらっとしていて、皮の風合いがそのまま出ている。

履いてみれば、見た目に反して軽く、足になじむ。

「どうですか?」

「ああ。似合うよ」

足のサイズもぴったりだ。ダヤン領に来てから、二足ほど靴を作ったので、その時の計測サイズで作られているのだろう。

「ブランシュ様、足の引っかかるところはありませんか?」

「ええ。大丈夫よ」

「それはよかった。領主様ときたら、この靴の完成にはすごくこだわられて。こっちは耳にタコができるくらい『革を柔くしろ』って聞かされました」

「なっ、余計なことは言うな」

オレールが顔を真っ赤にして反論する。

「領主様は本当にブランシュ様を愛していらっしゃるのですね」

「……！」

店主の言葉に、ブランシュも真っ赤になる。ふたりでそのままなにも言えずにいると、店主は思わず笑いだした。

「ははっ。いやいや、新婚ですなぁ」

「ま、まだ結婚はしていない！」

オレールが反論するも、顔が赤いのでどこかしまらない。そんな様子も、ブランシュの胸を熱くさせる。

「……うれしいです。オレール様」

イノシシ革の加工はブランシュにはノウハウがなかった。だけどオレールが、こうしてちゃんと形にしてくれた。

「……ブランシュ」

「ありがとうございます。大事に履きます」

あまりにもうれしくて、涙目になってしまう。

オレールは店主になにやら耳打ちすると、彼は奥の部屋に入ってしまった。レジスも馬車で待っているので、店内にはブランシュとオレールのふたりきりだ。

「ブランシュ」

オレールはブランシュの手を取り、両手で包み込んだ。

「ダヤン領は自然が多い。どこに行くにもこのくらいしっかりした靴の方が役に立つ」

「はい。ありがとうございます」

神妙というのがふさわしい、真剣な表情で、オレールはブランシュを見つめる。まなざしからも熱が伝わってくるようで、ブランシュの胸はどんどん高鳴ってくる。

「君が、自由を得るためにこの結婚を受け入れたのは知っている。それでも、言わせてほしい。俺は君に、これからも一緒に歩んでほしいと思っている。この靴がすり減ってボロボロになったら、また新しい靴を贈らせてくれ。この先何度でも」

「オレール様」

「最初は、君が望むなら婚約は撤回してもいいと思っていた。だが今は違う。喪が明けたら、正式な妻になってほしい。ずっと、俺と一緒にこのダヤン領を盛り上げていってほしいんだ」

それは、ブランシュがずっと聞きたかった言葉だ。領主となることも、ブランシュを娶ることも、彼の望みなのだとようやく実感できる。

「私、これからも隣にいていいんですか？」

「ああ。ずっと隣で笑っていてほしい」

「……はい！」

うれしくて、自然に笑顔になってしまう。

オレールのはにかんだ笑顔を、見ているだけで胸がこそばゆい。

「オレール様、私、これでお散歩がしたいです」

「ああ。じゃあこれから出かけよう」

「はい！」

店主に暇を告げ、馬車はレジスに任せ、ふたりは街を歩く。

彼の右手とブランシュの左手が軽くぶつかり、自然に手を握り込まれる。

領民たちの視線が気にはなるが、幸せすぎて表情を抑えられない。

「オレール様、デートですか？　よかったらこれどうぞ」

最近マラブルに越してきた菓子店の店主が、クッキーを二枚渡してくれる。

「ありがとう。ブランシュ、ほら」

手渡しでくれるのかと思えば、手ずから食べさせてくれるつもりなのか離してくれない。

ブランシュは、ぱくりと噛みついた。

「あ、おいしいです」

バターがたっぷり入っていて、ナッツの風味がきいている。

「最近観光客が多いので、土産としてよく出ているんですよ。これも、領主様とブランシュ様のおかげです」

「クッキーがおいしいのはあなたの腕よ。でもありがとうございます」

ブランシュが店主ににっこり微笑むと、オレールが少し低い声を出した。

「ブランシュ、頬についている」

「え？」

次の瞬間、予想もしていなかったことが起きた。オレールがぺろりとブランシュの頬を舐めたのだ。

「ええっ」

「ははっ、領主様、余裕がないねぇ」

「うるさい。クッキーをありがとう。行くぞ」

そのまま肩を抱かれ、商店街を抜ける。公園にあるベンチに座らせられるまで、ブランシュはパニックのままだ。

「さ、さっき、きっ、キスを」

「悪い。かわいかったから、こらえられなかった」

しれっとオレールが言い、ブランシュは体中の熱が顔に集まってしまったような気持ちだ。

「君のことが好きすぎて、ほかの男に微笑まれるのにも妬いてしまう」

「な、なっ」

信じられないほどの甘い言葉の応酬に、どうにかなってしまいそうだ。

「……君は？　ブランシュ」

「わ、私も……」

オレールの顔が近い。口角が上がったのが見えたが、瞳まで確認することができないうちに唇をふさがれた。

「……んんっ」

「好きだ。……愛している、ブランシュ」

「私も、好きです」

（溶けそう。助けて！）

何度か重ねられたキスに、ブランシュはすっかり力が抜けてしまった。

オレールは苦笑し、「疲れたなら帰るか?」と聞いてくれたが、せっかくのデートだ。今日という日を満喫したい。

「いいえ。日が暮れるまで、一緒にいたいです」

「……俺もだ」

その日は足がくたくたになるまで、ふたりで歩き続けた。

ブランシュにとっては、前世を含めても、人生最高のデートの思い出である。

収穫祭の開催

実りの秋がやってくる。ブランシュがダヤン領に来て七ヵ月ほどが経っていた。

最近、ブランシュは小神殿で、領民からの天気の相談に乗っている。この時期は天候が荒れやすいのだ。

「三日後に嵐になるそうです。少し早いかもしれませんが、リンゴは収穫してしまった方がいいかもしれませんね」

「はい！　ありがとうございます。ブランシュ様」

《やれやれ、リシュアンは天気予報の機械じゃないんだよ》

ルネはあきれた様子だ。

「そう言わないで。農業従事者にとって天候は一番大事なんだから」

《ブランシュだって、すっかり神殿の人みたいになっているじゃん。結局、中央神殿にいた頃とやっていることは変わっていないけど、いいの？》

「……そうねぇ。違うことをしようとして、同じことをしているのなら、実は嫌いじゃなかったってことなんじゃないかしら」

ブランシュの暮らしは、すっかり安定していた。

朝は神殿の清掃。そのまま午前中は神殿の雑務を神官たちと共におこなう。午後からは領主の婚約者として、マラブルや周辺の街を訪れ、領民たちに困りごとがないかを聞いて回っていた。

もちろん、まだまだダヤン領は経済的に余裕がなく、気を抜けない部分はあるのだが、それさえも働く糧のように感じていて、毎日は充実していた。


とある日の夜、オレールはブランシュの部屋を訪れた。

「相談があるんだが、今、いいだろうか」

もう眠るつもりで、夜着に着替えていたが、相手は婚約者なのだからいいだろう。

「ええ。どうぞ」

ガウンを羽織ってから扉を開けて迎えると、オレールはブランシュの姿を見てぎょっとした。

「すまない。もう眠るところだったのなら、明日でいいんだ」

「まだ寝ていないから大丈夫です。なんのご相談ですか？　聞かせてください」

ブランシュは無邪気に部屋に彼を招き入れる。

寝室なのでベッドが部屋の大部分を占めるが、ちゃんとテーブルと椅子もある。

「どうぞおかけください」

「……ああ」

オレールは所在なげに周囲を見ながら椅子に腰かける。

「で、ご相談とは？」

「ああ。なぁ、ブランシュ、最近は忙しいか？」

「そうですね。まあまあ？」

「だよな」

言い出しにくそうに視線を動かしているのが、妙に気になる。

「でも、楽しい忙しさですよ？　オレール様もそうじゃありませんか？」

「ああ。……あのな、ブランシュ、実は……」

オレールは、昼間、農園組合を取りまとめているバルビエという男が来たこと、そして収穫祭を復活させたいと嘆願してきたことをブランシュに告げた。

「収穫祭……ですか？」

「ああ。昔、おこなわれていた領主主導の祭りだ。無事に収穫を終えたことを神に感謝し、来年の豊作を祈念するんだ。俺が十代の頃は毎年やっていたことなんだが、不作の年が続き、自然にすたれていったらしい」

「それを今年復活させたいと？」

「ああ」

「すごいじゃないですか。領主様がしっかり働いていると思ってくれているんだわ」

ブランシュが笑顔になると、オレールは眩しいものを見た時のように目を細めた。

「君はどう思う？」

「賛成です。嫌なんですか？　オレール様」

「俺も領民の意思を叶えてやりたいと思う。が、収穫祭はどうしても神殿がかかわってくる。君の負担が増えるのが心配だ」

「なんだ、そんなこと！」

ブランシュは胸を張った。

「お祭りはみんなでやるものですし、神に感謝をささげる行事を私が嫌がるわけがないじゃないですか。むしろ楽しみです」

「……ありがとう」

オレールは立ち上がり、ブランシュに軽いキスをする。

目をつぶり、彼の吐息を受け止めていると、体がだんだん熱くなってくる。

（もっともっとみだらな気持ちが湧き上がるのは、前世の記憶があるからかしら。なんだか恥ずかしい）

やがて離れた唇に、名残惜しさを感じていると、オレールが立ち上がった。

「……今日はこれで失礼する」

「えっ、もう？」

思わず惜しむような言い方をしてしまい、恥ずかしさに顔を押さえていると、オレールが優しく頭を撫でてくれた。

「紳士でいたいからな」

「えっ……」

そのまま、彼は部屋を出ていった。ブランシュがドキドキを抑えられずに、彼の出ていった扉を見つめていると、瞬く間にルネが姿を現した。

「ルネ！　どこにいたの？」

《一応、邪魔しないようにしていてあげたんだよ。僕って気が利くからさ》

「べ、べつに気遣われることなんて……」

《ないって思っているんだ？　オレールもかわいそうだなぁ》

「な、なによ」

枕をポンと投げつければ、ルネは素早い身のこなしでそれをかわす。そうこうしているうちに、疲れ果て、ブランシュはベッドに横になった。

「収穫祭をしたいって、領民から言ってくれたんですって」

《へぇ。復興している証拠だね》

「でしょう？　オレール様の頑張りが報われたんだわ。……うれしい」

やがてうとうとしてきて、ブランシュは目を閉じた。今日は、幸せな夢が見られそうだった。


翌日から、収穫祭の計画が練られることとなった。

「基本は、収穫を感謝し、リシュアン神へ供物をささげるんだ。だから神殿関係者はこの日は忙しい。街では、出店やパレードがおこなわれる。とはいえ、今年は発案が遅めだから、急ごしらえな感じにはなるだろうが」

「なるほど？　では私は、神殿にいればいいのでしょうか」

「そうだな。でもできれば街の様子も見てほしい。落ち着いた頃に迎えに行くから、一緒に回ろう」

「はい」

オレールも祭りを楽しみにしているようで、顔がほころんでいる。

「ジビエのお店も出店したいですね。丼くらいならその場ですぐ作れますし」

「そうだな。今年の豊作は、イノシシを捕らえたことにも起因する。ぜひ出店してほしいものだ」

「明日、様子を見に行きますから、伝えてみますね」

「……ありがとう」

突然、改まってそんなふうに言われて、ブランシュは驚いてしまう。

「どうしたんですか」

「収穫祭をしようと望まれるほど、領民が元気になったかと思うとうれしくてな」

オレールの眼差しが熱を帯びてくる。その瞳に映る自分を意識した途端、ドキドキして、息が止まりそうになる。

「オレール様が、頑張ってくれたからです」

「俺だけの力じゃない」

「じゃあみんなの力ですね」

みんなが、領地を立て直そうと思ったから、できたことだ。

「ああ」

オレールは立ち上がり、ブランシュの手を持ち上げる。そして手の甲にキスを落とした。

「その中心に君がいる」

「……私じゃありませんよ。オレール様です」

「いいや。君だ。俺では、領民をひとつにはできなかった」

「いいえ、オレール様が……」

反論しようと前のめりになると、オレールがぷっと噴き出した。

「俺たちはいつも手柄を押しつけ合っているな」

ブランシュもそう思う。思えば無意味なやり取りだ。どちらがよりすごいとか頑張っているとかが大事なんじゃない。

「私たちみんな、この領地のことが好きで、頑張っているんですものね」

「そうだな。だから今の喜びをみんなで分け合いたい。収穫祭もそういう気持ちから生まれるものなんだな」

「ええ。そうですね」

「収穫祭、頑張りましょうね」

「ああ」

オレールの眼差しが優しくて、ブランシュは満ち足りた気持ちになる。

ちょっとしたタイミングで触れる手に、もっとと願う気持ちが湧き上がってくる。

（あなたと一緒にいたい。これから先も、ずっと）

喪が明けたら、本当の夫婦になる。ブランシュはそれを、とても楽しみにしていた。

＊＊＊

収穫祭当日。天気は快晴で、小神殿には朝から多くの供物が届けられていた。

ルネの目の前をたくさんの足が行ったり来たりする。供物を整理しているブランシュは、感嘆の声を上げていた。

「すごい、たくさんね」

「だってリシュアン様のおかげですから！　今年は子供たちも飢えることがなくて。本当に、オレール様とブランシュ様が来てくれて、感謝しているんです」

領民たちは明るい声で、ブランシュに感謝の言葉を述べていく。ブランシュはすっかり聖女として、受け入れられているようだ。

「皆さんの感謝の気持ち、必ずリシュアン様にお届けしますね」

ブランシュがそう言うたびに、水晶もキラキラと光る。

ブランシュが、いつもリシュアンの気持ちを慮ってくれるのが、ルネはうれしかった。ルネもリシュアンも、人間には姿が見えず、神として感謝されるものの、心配してもらえることなどなかった。だがブランシュは、同じ立場の人間に向けるような愛情や心配を寄せてくれる。

(僕も、ブランシュのことは好きだな。できればずっと笑っていてほしい)

いつの間にか芽生えたそんな気持ちで、ルネはいつもブランシュを見守っている。

(それにしても、ずいぶん忙しそうだな)

ルネはブランシュを横目で見つつ、散歩でもしようかと屋敷の方に向かった。

途中で、オレールと出会う。

「みゃあ」

「やあ、ルネ。ブランシュは忙しいかな?」

そう思うなら手伝ってやればいいのだ。ブランシュはオレールのために頑張っているのだから。

この領主は、少し遠慮が過ぎる。ブランシュはそんなところも気に入っているようだが、ルネからすれば頼りなく見える。

「みゃーお」

「なんだ？　抱き上げろというのか？」

オレールはこわごわ手を伸ばす。こんなにでかい図体といかつい顔をしておいて、動物を触るのは怖いらしい。腕の中でルネが伸びをしただけで、体をびくりと震わせている。

「抱き心地が悪いか？　悪いな、俺はあまり動物には好かれない方でな、慣れていないんだ」

「みゃあ」

仕方ないな、と答えれば、オレールはフッと微笑む。

「俺のことが怖くないのか？　お前は不思議な猫だな。無駄鳴きはしないし、まるで話がわかっているかのような態度を取る」

「みゃ」

そりゃわかっているからな、とルネは思う。

「ブランシュもお前に慰められているんだろうな」

《ブランシュが好きなのはアンタじゃん》

思わず、思念をのせてしまった。ブランシュと話す時に、聞こえやすくするようにしている話し方だ。

オレールは一瞬変な顔をしたが、気のせいかと首を振る。

《やっぱり、こいつには聞こえないか。魔力も大したことないもんな》

「みゃ」

「あっ、おい」

ルネはオレールの腕から飛び降り、部屋へと向かった。

どうしてブランシュは、突然ルネの声が聞こえるようになったのか。

ずっと考えていたその疑問に、ルネは最近、こんな仮説を立てていた。

おそらくだが、もともと大きな魔力を持つブランシュは、無意識に自分の一部を思念体として、次元を超えて旅することができるようになってしまったのではないだろうか。

前世の記憶を思い出したというのがその証拠になるだろう。

だから、同じように思念体で行動するルネの言葉がわかる。リシュアンの声が以前より聞きやすくなっているのも、ルネやリシュアンにより近い立ち位置にいるからだ。

《だから、オレールにはちゃんとブランシュをつなぎ留めていてもらわないと》

なにかの拍子にルネのような思念体となってしまっては大変だ。

死ぬことができないというのは、想像しているよりもずっと、つらいことだから。

＊＊＊

「オレール様じゃないですか。こんなところでどうしました？」

屋敷から渡り廊下を通って小神殿に向かおうとしている時、オレールはレジスに出会った。

「ブランシュの手伝いに行こうかと思ってな」

「へぇ。あのオレール様がそんなこと言うなんて」

「あのってなんだよ」

「だって。以前の収穫祭では、仕事の手伝いなんてしなかったじゃないですか」

「あれは兄上がいたからだ」

オレールが屋敷を出るまでは毎年のようにおこなわれていた収穫祭だが、手伝いに行っても、『邪魔だ』と言われることの方が多かった。

父が兄に教えている脇で、疑問に思っていたことを聞いてしまうのがよくなかったらしい。

兄との間が気まずくなるのも嫌で、やがてオレールは自ら参加しなくなっていった。

「オレール様の理想の領主はダミアン様みたいなのかもしれないですけど、あなたはあなたでいいんですよ。オレール様みたいな領主が好きな領民もいます。俺もそうですし」

「そうか」

「ブランシュ様も、あなただからこそ好きなんでしょうし」

冷やかされると、少し前なら躍起になって否定していたが、今はつい頬を緩ませてしまう。

「あー、本当にブランシュ様のことが好きなんですねー」

からかわれているとわかっていても、笑ってしまうほどに、ブランシュが好きだ。

「……ああ」


小神殿は、すでに供物でいっぱいになっていた。

「あっ、オレール様、助けてください」

「大丈夫か？」

「皆さんのお気持ちが多くてですね。保存しきれなそうですけど、どうしましょう」

「食物が多いのなら、スープでも作ればどうだ？　午後から拝礼に来た者たちに振る舞えばいいだろう」

オレールの提案を、ブランシュはすぐに受け入れた。

「なるほど。マリーズ、ベレニス。厨房と相談してきてくれる？」

「はい」

ふたりの侍女は、慌ただしく駆けていく。

オレールはブランシュの隣に座り、彼女の様子を見る。

「疲れていないか？」

「いいえ。大丈夫です。皆さんがこんなにもリシュアン様に感謝していると思ったらうれしくて」

「……午後から、街の祭りの様子を見に行こう。神殿には、君の代わりにレジスを待機させる」

「いいんですか？」

「ああ。君が来て、変えてくれた街だ。君にちゃんと見てもらわなければ」

「うれしいです」

ブランシュは気分の高揚を抑えきれないようで、小さな声で讃美歌を口ずさんだ。

「中央神殿で、当番制で歌っていました。参拝者の方も声を合わせてくださって、大合唱のようになるんです。リシュアン様に思いを届けるのに、歌はいつも力になってくれます」

「そうか」

まるで初めて聞いたように頷いてみたものの、オレールは知っていた。騎士として王都にいた時に、中央神殿で何度も聞いたことがある。

「ふふ、そういえば」

「どうした？」

「いいえ。昔、一緒に歌ってくださった参拝者さんのことを思い出していました」

「ほう？」

「ふふっ。歌は苦手のようでしたが」

ドキリとした。まさか、自分のことではないかと疑ってしまう。

「参拝者？」

「ええ。中央神殿に集まる参拝者はここの小神殿の比ではなく、おひとりおひとりを認識することはできませんでしたが、その声はなんとなく覚えています。私を助けてくれたんですよ」

オレールはなんだか気恥しくなった。

（絶対にブランシュに歌は聞かせられないな）

午後の約束を取りつけ、執務室へと戻る。

午後になり、オレールはブランシュを神殿から連れ出し、祭りでにぎわう街を散策した。どこに行っても、領民は目ざとくブランシュを見つけ出し、話しかけてくる。

「あっ、領主様」

「ブランシュ様、これ食べていってくださいよ」

ブランシュの提案で、定期的に街を視察した結果、オレールは領民たちとずいぶん打ち解けて会話ができるようになった。

それまで、オレールの人となりを知らずにいた人々も、この領主は口下手だが、誠心誠意領民のことを考えていると理解してくれたのか、とても好意的になった。

それらはすべてブランシュのおかげであり、オレールは感謝してもし足りない気持ちでいた。

＊　＊　＊

屋敷に戻り、ブランシュは部屋へと戻った。
《楽しかったみたいだな》
「ルネ」
街で見たいろいろなことをルネに伝える。リンゴの矢当てのゲームをしているところがあって、オレールが見事にあてたことが今日一番の思い出だ。
「とっても格好よかったのよ」
《ちぇ、オレールの話ばっかりだな。言っておくけど、僕だって人間の時は相当格好よかったんだからね》
「そうなの。絵姿も残っていないのだもの。残念ね」
《姿なら見せられるよ》
ルネは周囲をきょろきょろ見回し、部屋にブランシュと自分しかいないのを確認すると、人間の男の姿になった。
銀色の波打つ髪、瞳は金色で、理知的な整った顔をしている。背はすらりと高く、まるでリシュアンの絵姿ようだ。

「えっ？　本当にルネ？　人間の姿にもなれたの？」
《まあね。ただ、人間は構成が複雑だから、術式が難しくてあんまりやらない》
そう言うと、すぐに猫の姿に戻る。見とれていたブランシュはちょっと残念な気持ちだ。
「残念、格好よかったのに」
《ブランシュの好みとは違うでしょ》
「でも絶対もてたと思うわ。そうでしょ？」
《まあねー》
褒められれば、ルネもまんざらでもない。ご機嫌で尻尾を揺らしていると、ブランシュがふと疑問を口にした。
「今の姿、リシュアン様の絵姿に似てたわね。ほら、中央神殿の壁画にあった」
《そうだね。リシュアンが神になった時にはもう実体がなかったから、いつしか僕の姿がリシュアンの姿のように描かれるようになったんだよ》
ブランシュはふと、壁画にあった魔獣の姿を思い出す。
「じゃあ、あの壁画に描かれていた魔獣が、リシュアン様の本当の姿なの？」
《そうだよ。ライオンの体に、竜のような尻尾が六つついている。見せてあげるよ》

ルネが姿を変える。ブランシュの背丈ほどもある灰色のたてがみを持つライオンがその場に現れた。六つある尻尾は体とは違い体毛がなく、爬虫類(はちゅうるい)のような皮膚をしていて、先に行くほど細い。色も黒ずんでいる。この尻尾ならば、振り回せば、木をもなぎ倒せてしまいそうだ。

「わあ、すごく大きいのね」

「そうだね。見た目だけで恐れられていたよ」

「ありがとう。もういいわ。声だけからじゃ想像できないぐらい強そうだったのね」

ルネは猫の姿に戻り、その後も和やかにブランシュと話をしていた。

＊　＊　＊

ルネがリシュアンに化ける光景を、ドアの隙間から見ていたマリーズの心中は穏やかではない。

(う、嘘でしょう。化け物が……)

マリーズは、口を押えたまま、そろりそろりとうしろに下がった。ブランシュに対して、信じきっていいものかずっと迷いがあったが、ここにきて、その迷いが正しかったことを知る。

（……魔獣を従えていたなんて……！）

ルネは、猫にしては賢すぎるとは思っていたが、まさか、本当の姿があんな魔獣だなんて思わなかった。

（どうしよう。誰に相談しよう。ブランシュ様が魔獣を飼っているだなんて。いつかあたしたち、餌にされてしまうかもしれない……！）

しかし、ブランシュは現時点でオレールの婚約者だ。ブランシュはオレールと仲睦まじいだけでなく、皆からも信頼されているので、余計なことを言っては、自分の方が処分されてしまう。

「……どうしよう」

マリーズはとぼとぼと屋敷の外に出た。

考えをまとめるために、屋敷の裏側をなぞるように歩いていると、奥にある雑木林から、声がした。

「……ズ、マリーズ！」

「え？　誰？」

がさがさと枝葉が揺れる。怯えたマリーズが逃げようとすると、「待てって」と男の声がした。

「その声……」

マリーズは目を見開き、雑木林に近づいた。

そこにいたのは、茶色の髪に灰褐色の瞳を持つ、マリーズの初恋の人だ。

「やっぱり、ダミアン様？」

失踪していたダヤン家の長男、ダミアンが帰ってきたのだ。

後継者、現る

マリーズは、驚きすぎて一瞬声も出なかった。

(まさか、ダミアン様が今さら戻ってくるなんて)

これまでの経緯を聞くと、彼は父親の死もオレールが領主になったことも知らず、ジビエ料理店の噂を聞いて戻ってきたという。

(前の旦那様が亡くなって、もう七ヵ月が経っているのに? なんてのんきなの)

マリーズはややあきれてしまった。どこにいたのか知らないが、今さら来られても遅いのだ。

「……もっと早く戻ってきてくだされればよかったのに」

マリーズは、ダミアンが神童と言われていた時期を知っている。今はオレールの手で無事によみがえったダヤン領だが、彼がいれば、もっといい未来があったかもしれないと思ってしまう。

「と、とにかく、出てきてください」

「ああ」

日のあたるところに出てきたダミアンを見て、マリーズは一瞬目を疑った。ダミアンは昔からおしゃれだったはずなのに、なんだか薄汚れた格好をしている。

「今までどこにおられたのですか」

「領主として修業しようと思ってね。いろいろな領土を転々としていたんだ。三年もかけるつもりじゃなかったんだが」

「連絡先だけでもわかっていれば、領主様がお亡くなりになった時にすぐお知らせを差し上げましたのに。と、とにかく、オレール様に伝えてきま……」

「マリーズ、あの女は誰だ？」

彼が指しているのは、ブランシュのことだろう。

「神託により嫁いでこられた聖女様です」

「神託？」

「ええ。リシュアン神の神託です。暮れの土地の辺境伯――つまりオレール様とブランシュ様を結婚させるよう言ったそうです」

「暮れの土地の辺境伯？　それでオレールと？」

「ええ。その神託が出た日に、ちょうどオレール様が領主交代の報告に神殿を訪れたのだそうで」

「ずいぶんいいタイミングだったんだな」

言われてみれば、たしかにタイミングがよすぎる話だ。

仮に前領主が生きていたとしても、妻を亡くしていたのだから対象者となる。

それがたまたま、オレールが領主交代を報告した時に神託が下りるなんて……。

「まさか、……ふたりが結託して……？」

ぽそりとつぶやいた。領主になる資格がなかったオレールと、神殿を出て自由になりたかったブランシュ。オレールはずっと騎士団員として王都にいたのだ、ふたりがもっと前からなんらかのきっかけで知り合い、結託して神託を捏造することは可能だったのではないだろうか。

マリーズの様子を見て、ダミアンはにやりと笑う。

「なにか、思いあたることでもあるのか？　マリーズ」

「それは……じ、実はダミアン様。これはほかの誰も知らないことなのですが」

マリーズは最初に聞いたブランシュの言動をダミアンに話した。彼女が、自由を求めていたことを。

ダミアンは少し考え込んだ後、「ではオレールは彼女に騙されているか、結託しているかのいずれかというわけだ」とまとめた。

「え、ええ……」

先ほど見た魔獣のことは、なんとなく言えず、マリーズはうかがうようにダミアンを見る。

「どうしましょう、ダミアン様」

「どうもこうも、奪われたものは取り返すまでだろう。マリーズ、協力してもらうぞ」

「も、もちろんです！」

こんな不穏なやり取りが、収穫祭で沸く屋敷の裏側でおこなわれているなど、誰も気づいてはいなかった。

＊＊＊

「みんな、今日はありがとう。こうして、収穫を祝える日が来たことをうれしく思う。すべて皆のおかげだ」

収穫祭も終盤、領主オレール・ダヤンの挨拶で、祭りは締められる。

屋敷でも、ささやかに宴が催されていたが、オレールとブランシュは、ここで部屋に戻る予定だ。お偉方が長くいると気が抜けないだろうというオレールの談に、ブランシュは大きく頷いた。

「残る料理は皆で存分に味わってくれ」

「お、お待ちください！」

そこへ、大きな足音を立てて、マリーズがやって来た。

使用人たちが何事かと顔を見合わせていると、彼女のうしろから、フードをかぶった男が歩み出る。

「ダ、ダミアン様？」

ざわつく使用人たちを一瞥し、おもむろにフードを取って、その姿をあらわにする。

「兄上？」

ブランシュは耳を疑った。隣に立つオレールは、ゆっくりと広間の中央にやって来る男を食い入るように見つめている。

茶色の髪に、灰褐色の瞳。顔のつくりはオレールと似ているものの、体の線は彼の方が細く、目がぱっちりとしているからか、柔和な印象を与える。

「オレール様の、お兄様？」

ブランシュも驚きを隠せない。

「そうだ。ダミアン・ダヤンだよ。よろしく、聖女様」

口角を上げ、不敵な微笑みをオレールに向ける。

「久しぶりだな、みんな。まさかオレールが跡目を継いでいるとは思わなかったよ。次期領主は俺だと思っていたんだが、どういうことだ?」

「まずは兄上、おかえりなさいませ」

オレールは気を取り直したようにそう言った。

その彼をかばうように、レジスが前に立つ。

「ダミアン様、お久しぶりでございます。弟君とはいえ、今はオレール様が当主です。口の利き方に気をつけていただきたく存じます」

「レジス、お前まだここにいたのか。役立たずのお前に、そんな説教をされるとはな」

威圧的に怒鳴られるも、レジスは表情を変えずにじっとしている。ダミアンは鼻で笑い、レジスを押しのけた。

「オレール。代理領主ご苦労だったな。今後の話をしたいから、時間をくれるか?」

当然の表情でそんなことを言われ、ブランシュは思わず目をむいた。

「ちょっ、代理ってどういうことですか?」

「言った通りの意味ですよ。聖女様。あなたの夫となるこの男は、ダヤン領の領主ではないのです。後継者は長男である私なのですから」

「今さら……?」

ブランシュのつぶやきに、周囲がざわめく。

とりわけ、シプリアンをはじめとした使用人たちは複雑な表情だ。

「お言葉ですが、ダミアン様。オレール様の領主継承は、先代がお決めになったことです。決して、オレール様が勝手におこなったことではございません」

「それは俺がいなかったからだろう? こうして戻ってきたんだ。俺が家督を継ぐのは当然のことだろう」

シプリアンの言葉も、ダミアンには届かない。オレールも、固まって言葉が出せない様子だ。

ブランシュも戸惑いしかないが、一度深呼吸をして気持ちを整えた。

「シプリアン。お義兄さまのお部屋は用意できる?」

今、この屋敷の女主人は自分なのだ。今後どちらが当主になるにせよ、今采配を振るうべきは自分だ。

「それは……もちろんです。ダミアン様、いつ頃までご滞在ですか?」

「は? ずっとに決まっているだろう?」

ダミアンの返答に、広間の奥の方から失笑が漏れる。

「誰だ！　今、笑った奴は」

「失礼があったなら私がお詫びしますわ。失踪されていたというお義兄さまが突然お帰りになったのですもの。こちらとしても、心の準備ができておりません。どうか、ご理解くださいませ」

　ブランシュがそつなく言い、オレールの袖を掴んだ。

「オレール様、どうしますか？」

「あっ、ああ。……とにかく、兄上もお疲れでしょう。今日のところはゆっくり休んでください。使用人たちにも本日は無礼講で楽しんでもらうつもりなので、兄上もできるだけ自分のことは自分でやってください」

「はっ、なんだそりゃ。久しぶりに後継者が帰ってきたっていうのに」

「今日は祭りです」

「あ、あのっ、あたしがお支度をします！」

　マリーズが手を上げて言う。

「君はブランシュの侍女だろう」

「いいのよ。ではお願いするわね、マリーズ」

　オレールは不満をあらわにしたが、ブランシュはそれを許した。

せっかくのお祭りの夜にもめ事を起こすのは本意ではない。

「行きましょう、オレール様」

ふたり並んで、寝室へと向かう。後にした部屋からは、どよめきが聞こえてきた。

＊　＊　＊

オレールの部屋の隣が、ブランシュの寝室となる。

常ならば扉の前で別れてそれぞれの部屋に戻るのだが、今日は話し合わなければならないことが多い。オレールは彼女を自室へと誘った。

「汚くてすまないな」

「いいえ」

オレールの部屋は、ブランシュの部屋と大きさそのものは一緒だが、物が多い。騎士団時代の剣や鎧(よろい)が右隅の方へ立てかけられていて、ごちゃごちゃしているのだ。

ブランシュは、興味があるのか、それを食い入るように見ている。

「兄上のことについて、君と話さないといけない。座ってくれ」

オレールはブランシュに椅子を勧めると、自分は向かいの席に着いた。

「まさか兄上が今頃帰ってくるとは。生きていてよかったが……君に失礼な言い方をしたな。すまない」

「それはかまいませんけれど、とても自分から出ていった人の態度とは思えませんでした。昔からあんな感じの方なのですか？」

「まあ……そうだな。実は俺も、兄上に会うのは六年ぶりなんだ。昔はあれで普通だと思っていたが、今聞くと、ずいぶん突っかかった言い方だったたな」

「そうですよ！　オレール様のこと見下すなんて、とっても感じが悪いです」

憤慨した様子のブランシュもかわいい。オレールは、先ほどまでのささくれ立った気持ちが、徐々に凪いでいくのを感じた。

「でももう、ダヤン領の領主はオレール様でしょう？　今さら帰ってこられても、立場を取り換えることなんてできないのでは」

「……兄上は、子供の時から神童と言われていた。頭がよく、機転が利くから、いい領主になるだろうと期待されて……」

「責任を投げ出して行方をくらませる人が、いい領主になれるわけがありません！」

ブランシュはぴしゃりと言う。

しかしオレールはそうきっぱりと割り切れない。兄は昔から決められていた後継者であり、領主教育を受けていない自分は、しょせん穴埋めに過ぎないという気持ちも消せなかった。

「……領民が兄上を領主にと望めば、考えなければならない」

「ちょっと待ってください。オレール様。領民が収穫祭をしたいとまで言えるようになったのは、オレール様のおかげなんですよ？」

オレールもそれは理解している。ただ踏ん切りをつけるには、もうひとつ、決め手が欲しいような気がしていた。

とそこに、ノックの音が響いた。

「お邪魔してもよろしいですか？」

レジスの声だ。

「ええ。もちろん。いいですよね、オレール様」

オレールの頷きを受けて、ブランシュが入室を促す。

「失礼します」

レジスは意外にもティーワゴンを押して入ってきた。

不安げなオレールとブランシュに微笑み、ゆったりとした動作でお茶を入れる。

「どうぞ」

湯気の上がったカップに、ブランシュがほっとしたような表情になる。オレールも、ひと口含んで、その渋みを堪能する。モヤモヤしていた気分も少し流された気がして、気遣いのできる側近に、オレールは心の中で感謝した。

「まさかダミアン様が戻ってくるとは思いませんでした」

おもむろに、レジスが口を開いた。

「まったく同感だ。実のところ気にはなっていたんだ。レジスには兄上のことがどう映っていたんだ？　兄上が失踪した理由も、本当はわかっていたんじゃないか？」

レジスは無言のまま、しばらくオレールを見つめていた。なにかを訴えかけられているような気がして、オレールも負けじと彼を見つめ続ける。謎の根競べに、ブランシュが焦りだした空気を感じた。

やがて、先に目をそらしたレジスが、フッと微笑んだ。

「ダミアン様をこんなふうに見つめると、すぐに目をそらしてごまかしてしまわれるのですよ」

レジスがなにか大事なことを伝えようとしている気がして、オレールは居住まいを正す。ブランシュもそれを感じ取ったのか、オレールの隣に寄り添うように椅子を近づけた。

「ダミアン様は、たしかに子供の頃はすごかったです。神童と言われるだけの実力もありました。けれど、飽きっぽく、努力をすることが苦手なのです。才能があるせいでしょうかね。少しつまずくと、すぐ放り投げてしまう」

レジスは、少しだけ寂しそうに目を伏せた。

「……私は、いさめたつもりです。でもダミアン様には届かなかった。困った時こそ、民に寄り添うべきだと。毎回うまくいくわけじゃない。困った時こそ、民に寄り添うべきだと」

それは、先ほどの宴席での態度を見ていても、なんとなくわかった。ダミアンはレジスを見下していた。こんなふうに主人を気遣えるレジスの有能さに、欠片も気づいていないのだろうか。

「ダミアン様が出ていかれる半年前、私は側近の立場から下ろされました。その後、領主様との間でどんな話し合いがあったかわかりませんが、結果としてダミアン様は行き先も告げずに出ていき、領主様は心労から寝込むようになってしまった」

父の死は病気であり、兄のせいではない。けれど、兄が支えていたら、もっと心安らかに死までの時間を過ごせたのではないだろうか。

オレールもそう考え、少し体を固くした。

「領主様は、今さらオレール様に頼むこともできず、悩んでおられたのだと思います。

だから、いざという時にあなたが来てくださって、安堵されたと思いますよ」

やわらかい笑顔に、父の姿が重なる。父からその言葉を聞くことはできなかった。けれど、もし本当に自分が戻ってきたことで、父が救われたと思ってくれたのなら、ここで頑張ってきた意味があるというものだ。

オレールは膝小僧の上で固く拳を握った。すると、ブランシュが彼を励ますように手を添えてくれる。

「だから私は、オレール様が領主でいるべきだと、そう思っています」

「……私も、そう思います」

レジスの言葉を後押しするように、ブランシュも言う。

「そ、そうですよ！」

突然、部屋の扉が開かれた。驚いてそちらを見ると、使用人たちがずらりと集まっているではないか。

「お前たち……」

「領主様はオレール様です！　領民が一番つらい時に、私たちと一緒に頑張ってくれたじゃないですか」

さらには料理人たちも続けた。

「それに、ジビエ料理の店ができて、領内がものすごく活気づいたんですよ？　私たちも新しい食材の可能性に勇気をもらいました」

「それはブランシュのおかげだろう」

謙遜するように言ったが、ブランシュは首を振った。

「いいえ。私ひとりでは、ジビエ事業はきっとうまくいきませんでした。私がしたのは調理だけで、それ以外は全部オレール様が手を尽くして、製品化まで導いてくださったんじゃありませんか」

ブランシュは決して自分の成果をおごらない。それどころか、オレールの手助けを最大限に評価してくれる。

「オレール様は、私の思いつきを形にしてくださいました。それに私がどれだけ助けられてきたか、語りつくせないほどです。私はあなたのおかげで、ダヤン領が復興できたのだと思っています」

「ブランシュ……」

「それに、私はあなたの妻になりたいんです。領主交代なんて困ります」

今の時点で、ブランシュとオレールは婚約者でしかない。ここで、領主交代など起こってしまえば、神託によるブランシュの相手は、ダミアンになってしまう。

見上げるブランシュの瞳には、必死さが潜んでいる。

オレールはようやく決心がついた。

「俺も、君を誰にも渡したくない。リシュアン神の神託に従えば、君を娶るのはダヤン領の領主だ。だったら、俺は領主のままでいる」

ブランシュが、ほっとしたような笑顔になる。

(そうだ。彼女の笑顔を曇らせてはいけない。兄上が帰ってきたからなんなんだ。ブランシュや領民を、俺が幸せにするんだ)

「明日、兄上と話し合うよ。俺はもう迷わない。君の力があってこそとはいえ、ダヤン領に活気が戻ったのは、俺の力だってあるはずだからな」

「ええ!」

「さすがです。オレール様。私はこれからもオレール様についていきますよ」

レジスもようやく安心したように微笑み、飲み終えたカップをまとめる。

「おふたりの絆がしっかりしていることが、なにより大事ですよ。おやすみなさい」

そうして、使用人たちと共に出ていった。急に静かになって、ふたりきりだという事実を実感する。

ブランシュもオレールも、照れくさくて言葉に迷っていた。

「……喪が明けるのを待つなんて言わず、さっさと結婚してしまえばよかったな」

「でも、あの時結婚するより、今から結婚した方が幸せな気がします」

「違いない」

ブランシュの頬を撫でると、彼女はくすぐったそうに目を閉じる。オレールは、優しく彼女にキスをした。

頬を上気させたブランシュがかわいい。

オレールは自分の中の衝動と戦うのに必死だ。このままずっと口づけていたい欲望をなんとか押しとどめ、彼女から体を離す。

「……続きは、結婚式の後だな」

「はい。あと五ヵ月後ですね」

「早く兄上との話に決着をつけて、ドレスを用意しないとな」

せっかくならば、彼女に似合うものをオーダーメイドで作りたい。最低でも三ヵ月はかかるだろう。細部までこだわりたいのであれば、早ければ早い方がいい。

「ふふ。やっと前向きになってくれましたね」

ブランシュはほっとしたように笑い、オレールの肩にもたれて目をつぶった。

「……もし、オレール様がダヤン領の領主じゃなくなったとしても、私はオレール様がいいです。その時は」

「その時は？」

「神託なんて放って、逃げ出しちゃいましょうか。一緒にジビエ屋さんでもしましょう？　領主でも聖女でもなく、ただのオレールとブランシュで」

「……それも悪くないな」

オレールは小さく笑ったものの、少し釈然としない。

「でも、君は聖女だ。俺はあの時、本当にそう思ったんだ」

「……ん」

「ブランシュ？」

いつの間にか、ブランシュが眠っている。

「寝入りが早いな」

ほんの一瞬だ。でもよく考えれば、今日は朝から収穫祭の準備と、神殿での供物の対応、そして街歩きとずっと忙しかった。

「……君を、神殿から離したくない。だからこそ、俺は領主の座をあきらめない」

オレールはそのままブランシュを抱き起こし、ベッドへ横たわらせた。

額にキスをして、そのまま一緒にいたい欲望と戦いつつ、部屋を出る。

朝まで一緒にいたら、結婚前に純潔を奪ってしまいそうだ。

オレールはそのまま小神殿に向かい、神官から鍵を借りて、水晶の間に入った。

水晶の間にはほかに誰もおらず、水晶だけが、かすかにきらめいている。

「リシュアン様、どうかあなたの大事な聖女を……ブランシュを、俺に守らせてください」

水晶はもの言いたげに光っている。

ブランシュならば、なにを言っているのかも聞き取れるのだろうが、オレールにはわからない。

「ブランシュを愛しているんです。このダヤン領を守りたいという気持ちと同じくらい、彼女を失いたくない」

オレールの宣言に、水晶の中に光が一瞬またたいた。

励まされたような気がして、オレールはようやく気持ちが落ち着いてきた。

＊　＊　＊

翌朝、ダミアンは早々に行動を起こしていた。

自分こそがダヤン領の後継者だと、街の人間からも賛同を得ようとしたのだ。

（屋敷の奴らの態度はなんだ。昔は、『坊ちゃま、坊ちゃま』と言っていたくせに）

シプリアンも、ダミアンに対しては冷たい態度だった。

『今の旦那様は、オレール様です』と言い、ダミアンが執務室に入ることさえ許さなかったのだ。

「おや、もしかしてダミアン様ですか？」

昔の顔なじみである野菜売りが、ダミアンを見つけた。

「久しぶりだな、ブリュノ。元気だったか」

「元気だったかじゃないですよ。どこに行っていたんですか」

「見聞を広めに行っていたんだよ。領主になるには、見識が足りないなと思ってさ」

「父親の死さえ知らずにですか？」

ブリュノの目は冷たい。ダミアンは予想と違う反応に、一瞬言葉をなくした。

昔のブリュノはダミアンに媚びへつらってきていた。ダミアンの差配で屋敷へ野菜を卸せるようになったという経緯もある。

「お前、なんて口をきくんだよ」

「いや、ダミアン様こそ、なにを言っているんですか。今さら。一番いてほしい時にいなかったくせに、なんでそんな偉そうなんです？」

「は？」

思っていた反応と違う。焦って周りを見るもブリュノの妻もダミアンのことを冷たい眼差しで見ている。

「ダミアン様がいなくなってから、ダヤン領は大変だったんですよ。お父上である前領主様は気落ちして寝込んでしまうし、おまけに補佐官が逃げちまって、領内はめちゃめちゃだったんです」

「そうだったのか。……知らなかったんだ。知っていたらすぐに帰ってきた」

「なんで連絡先さえ伝えずにいなくなったんですか」

ブリュノの声がぴしゃりと冷たくなる。

ダミアンは、心臓をぎゅっと掴まれたような気がした。

「オレール様は、騎士団で出世していたと聞きました。それを投げ捨てて、ダヤン領のために帰ってきてくれたんです。そしてブランシュ様と力を合わせて、ここまで領を復興してくれた。俺たちは心底感謝しているんです。今さら、ダミアン様に領主面されても困りますよ」

「そうですよ。あの方がどんなに苦労したかも知らないで」

ブリュノの妻にまで言われて、ダミアンはカッとなる。

「お前ら、俺の知らぬ間にオレールを領主に担ぎ上げて、なにをたくらんでいるんだよ！　次期領主は俺だ。そう決まっていたじゃないか」

「あなたがなんと言おうと、我々の領主はオレール様だ。……もう失礼します。俺たちも仕事があるんで」

「おいっ」

ダミアンは動揺していた。その後も、ふらふらとかつての知り合いを探して話したが、反応はブリュノに近い。

親しくなかった者は、ダミアンを見るなり眉をひそめて陰口を言っている。

「おいおい、ふざけるなよ。みんな、つい三年前まで、俺が領主になるのを楽しみにしてるって言っていたじゃないか」

ダミアンはショックを受けたまま、屋敷へ戻った。

誰でもいいから、褒めてほしかった。自尊心が傷つけられて、耐えられそうにない。

そんな気持ちの時にマリーズを見つけ、慌てて駆け寄った。

「マリーズ、お前は俺の方が領主にふさわしいって思っているよな？」

マリーズは昔と同じ恋情交じりの視線で、ダミアンを見上げた。

「ええ。ダミアン様は昔からすごいお方でした。一度読んだ本の内容はすぐ覚えたし、行動力もありましたし……」

「だったらなぜ、皆、オレールがいいというんだ?」

「それは、ブランシュ様がジビエの事業を成功させたのが大きいかもしれません」

ジビエの事業はダミアンも知っている。

害獣でしかなかったイノシシを、おいしく調理する方法を編み出し、さらにその皮を使った特産品を作らせるなど、ダヤン領に新しい産業をもたらした。それを聞いたからこそ、ダミアンは戻ってきたのだ。

「だが、それは聖女の功績だろう?」

「でも聖女様がダヤン領に来たのは、リシュアン神の神託ですから」

「では、彼女を妻に娶るのは、俺でもよかったんだよな?」

マリーズの話によれば、神託は聖女の結婚相手について、『暮れの土地の辺境伯』と言ったのだ。それは、本来はダミアンがなるはずのものだ。

「なるほど、そこから突っ込んでみるか」

聖女を奪おうという態度に、マリーズは焦ったように付け加える。

「待ってください、ダミアン様。あたし、見てしまったんです」

マリーズは、きょろきょろとあたりを見回し、ダミアンの耳に口を寄せる。

「ブランシュ様は、得体の知れない化け物を飼っています。彼女が連れている白猫、本当は魔獣なんです。猫の姿はきっと、仮の姿なんですよ」

「魔獣？」

「ええ。ライオンの姿に竜のような尻尾が六つも生えていました。恐ろしい化け物です。これはあたししか見ていませんが、本当のことなんです。あの方、本当に聖女様かどうかも怪しいものです」

ずっと持っていた疑念をマリーズが告げれば、ダミアンはにやりと口角を上げた。

「よくやった。マリーズ。お前は使える女だな」

「ダミアン様」

「領民に、おもしろいものが見たければ正午に小神殿に来いと伝えて回ってこい」

「はい！」

「オレールの方から突き落とせないなら、聖女の方から突き落とせばいいってわけだ。その猫が化け物の姿になってくれりゃ万々歳だな。よし、化けの皮をはがしてやる……！」

＊＊＊

オレールがダミアンを呼び出したところ、逆に小神殿で話をしたいと指定された。

「兄上は相変わらずだな」

執務室で、オレールは深いため息をつく。

その意思の強さが頼もしく見えていたこともあったが、今は振り回されている感覚しかない。

「レジス、ブランシュはどうしている？」

「小神殿で祈りをささげておられますよ」

「そうか。では兄上より先に行かないとな。ブランシュになにを言うかわかったものじゃない」

「そうですね。今日はこの書類にさえ目を通していただければ、時間が取れますので、お願いします」

「ありがとう。レジスはいつも優先順位をつけてくれるから助かる」

「それを理解していただける主人でありがたいですよ」

二時間ほどで仕事にけりをつけ、オレールが小神殿に向かうと、なぜか人だかりができていた。

「なんだ？　これは」

「変ですね。失礼。皆さん礼拝ですか？　終えたら出ていただかないと、礼拝堂に人が入りきれませんが」

レジスが慌てて人波を整理しようとするが、人が多すぎて全然中に入れない。

「なんでも、今日ここで大発表があるって聞いたが」

「ダミアン様が帰ってきたそうですから、どちらが領主になるのか正式発表があるものかと」

領民たちが口々に話しだす。

「兄上がなにか言っていたのか？」

オレールは嫌な予感がして、人をかき分けて奥へと行く。

「あっ、オレール様」

「みゃ」

人波の中央に、ルネを抱いたブランシュがいた。疲弊していて、顔色が悪い。

「ブランシュ、大丈夫か」

「今日は皆さんたくさんお集まりで。お祈りが目的でもないようですし……なにかあるんですか？」

「それが……」

どうもダミアンが人を集めたらしい……と説明しようというところで、東側の扉が音を立てて開いた。

「待たせたな」

ダミアンだ。うしろにマリーズが控えている。

「兄上、これはいったいどういうことです？」

「領民も含めて、しっかり話をしたいと思ってな。お集まりいただいた領民諸君。少し下がって座ってもらおうか。君たちは証人だ。私とオレール、どちらが領主となるかを決めるための」

室内がざわつく。オレールはブランシュを守るために、彼女の腰を抱き寄せた。

「……兄上、それは今ここで決める問題ではない。混乱を招くような行動は控えていただきたい！」

「屋敷の連中はすっかりお前たちに騙されているようだからな。直接領民の意見を聞こうと思ったわけさ」

ダミアンは悪びれる様子さえない。オレールは苛立ちのあまり叫ぶように言う。

「そもそも、父上が亡くなった時に行方をくらませていたのは兄上だ。兄上が正式な後継者だったとしても、有事に対応ができなかったからこそ、俺のもとに知らせが届き、父上は俺に継がせると宣言したんだ。今さら兄上が戻ってきたとしても、この座を譲る気はない」

弟がはっきり言い返してきたのが意外だったのか、ダミアンは一瞬黙った。

しかし、すぐに気を取り直したように顔を上げる。

「しかし、お前は領主教育を受けていないだろう。見よう見まねで今はうまくいっているようだが、ジビエ料理だっていずれは飽きられる。今後も続けていけると思うのか？」

「ブランシュがいてくれるなら、俺はなんでもできる。騎士をやめて領主になった俺を、彼女が支えてくれたんだ」

「彼女は神託で嫁いできたのだそうだな。『暮れの土地の辺境伯と結婚せよ』とだけ言われたのだろう？　だとすれば相手は俺だったかもしれないわけだ」

ダミアンはいやらしい視線をブランシュに向ける。

「違います。リシュアン神が言ったのは、オレール様のことで間違いありませんわ。神はすべてを見通されています。代替わりも神託の時にはわかっていたはずです」

ブランシュが決然と言い放つ。それを後押しするように、水晶もきらりと光った。

「ダミアン様、いい加減になされ。もとはといえば、あなたが行方をくらましたのが悪いんだ」

「そうだそうだ！　実際、この土地を立て直してくださったのは、オレール様とブランシュ様だ。俺は、オレール様が領主のダヤン領が好きだ。今さらダミアン様に我が物顔でいられるのは嫌だ」

「俺もだ」

「私も」

集まった領民たちは、一様にそう叫びだした。

＊＊＊

ブランシュは感動していた。ここに来て七ヵ月。最初はあんなに活気がなく、生活そのものに絶望していた領民たちが、オレールのために立ち上がってくれた。それがこれ以上ないほどうれしい。

「それに、ブランシュ様は聖女だ。聖女様がオレール様を選んでいるのだから、ダミアン様の出る幕はないだろう」

　誰かの声に、ダミアンがにやりと反応する。

「ほう。ではこの聖女のことを、みんなは信じているというのか？」

「あたり前だ。神の声を聞き、神の言葉を伝えてくださる聖女様だ。俺たちは聖女様が神と話しているのを何度も見ているんだぞ？」

「それが、嘘だとしたら？」

　ダミアンは妙に自信ありげに言い、ブランシュのことを睨みつける。軽蔑にも似た視線をあまり向けられたことのないブランシュは、恐怖を抱いた。

「……マリーズが見たそうだ。あなたが連れているその猫。本当は化け物なんだろ？」

　ルネの尻尾がピンと立ち、警戒心をあらわにし始めた。

「みゃっ」

「なにを言って……」

　ブランシュはルネを守るように抱きしめる。ルネは不満げな顔をしたまま、ダミアンを見つめている。

「さあマリーズ、見たままを言うんだ」

　前にずいと押し出され、マリーズは気まずそうにブランシュを見やる。

「マリーズ？」

「ブ、ブランシュ様。あたし、見てしまったんです。その猫が、化け物に変身するところを。それを、ブランシュ様が笑いながら見ていたところを」

おそらく、ルネが人間の時の姿やリシュアンの魔獣姿になってくれた時だ。あれを、見られていたのか。

ブランシュが動揺したのを、領民も皆、感じ取っていた。

途端に、オレールやブランシュを取り巻く空気が、がらりと変わる。

「マリーズは彼女付きの侍女だ。その彼女が見たというのだから本当なのだろう。どうだ？ 化け物を子飼いにしている女性が本当に聖女なのか？ だいたい、本当に神託が聞けたかどうかも怪しいものだ。俺たちには聞こえないんだからな。それさえも捏造かもしれない」

「兄上！」

怒りに満ちたオレールの声が、神殿内に響く。ピリピリと空気が震えるような感覚があった。

「これ以上彼女を侮辱するな。彼女は正真正銘の聖女だ。中央神殿で、ほかの聖女と共に神託を聞き、人々に伝える姿を、俺は王都で何度も見てきた」

（……え？）

ブランシュは驚く。

中央神殿では、たくさんの人の前で聖句を読んだり讃美歌を歌ったりした。そんな時に集まる人は多く、そこにオレールがいたかどうかなんて覚えていない。

まさか彼が、あの神託の前からブランシュのことを知っていてくれたなんて思わなかった。

「誰がなんと言おうと、彼女は聖女だ」

これに関しては一歩も引きそうにないオレールに、腹を立てたようにダミアンが前に出て、首根っこを掴む。しかし、騎士として鍛えたオレールに比べ、ダミアンはあまりにひ弱だった。反対に押しのけられ、尻もちをついてしまう。

「くそっ、野蛮人め。おいっ、正体を現せ、化け物！」

ダミアンがルネを抱いたブランシュの顔めがけて、またたびを投げつけた。

「きゃっ」

驚いて、ブランシュは腕の力を緩める。すると、ルネは彼女の腕から飛び降り、守るように前に立つ。そして、警戒心をあらわにしたまま、床に落ちたまたたびのにおいをクンクンと嗅いだ。

ブランシュは一瞬焦ったものの、猫ではないのだから、ルネがそれに惑わされることはないだろうと気を取り直す。

しかし、ルネはブランシュをじっと見上げると、彼女の頭の中に語りかけてきた。

《僕、なんか腹が立ってきたな。ごめんね、ブランシュ》

「え？」

そうして、ブランシュの目の前で、ルネは魔獣姿へと変身したのだ。

「きゃあっ。化け物！」

途端に、集まっていた領民たちが後ずさる。

「ルネ、どうして？」

《こんな馬鹿な男がいるところ、守る必要ないかなって思ってね》

ルネは建物全体が振動するような、大きな雄たけびをあげた。

「逃げろ。ダミアン様が言っていたのは本当だった！」

領民のひとりが叫び、礼拝堂いっぱいに集まっていた人々が、入り口に押し寄せていく。

「待って、一気に出たら危ないわ！」

しかし、ブランシュの声はパニック状態の領民の耳には届かない。

《ブランシュ、歌を》

リシュアンの声が聞こえた。振り返って水晶の間をうかがえば、水晶が青白く光っている。

《讃美歌を歌うんだ。あれは人の心を落ち着かせる効果がある》

「……はい！」

どうやら、団子になって出ていく人々が、怪我をしないよう一瞬動きを止めろということらしい。

ブランシュはとっさに讃美歌を歌い始めた。

「主よ。汝の祝福で、我らの罪を解き放ちたまえ
喜びと平穏で、心が満たされるよう
汝の愛こそ、我らを癒す救いの恵み……」

神殿でよく歌われる、有名な讃美歌だ。

伸びやかなブランシュの声に、人々が一瞬動きを止める。それによって、列の先頭で転んだ数人にそれ以上人が押し重なることがなく、大きな怪我をしなかった。

「主を愛せよ、罪深き人々よ……」

ブランシュが歌い終わってからも、人々の疑心にまみれた空気は変わらない。

ルネは相変わらず化け物の姿でそこにいる。彼は誰のことも襲おうとはしていないが、人々はそこまで思い至っていないようだ。

ブランシュは皆に説明するために、領民ひとりひとりに視線を向けた。

「……たしかに、ルネはその姿を変えることのできる、特殊な生き物です」

「はっ、化け物を飼っていると認めたな！」

ダミアンが声高に叫ぶ。

先ほど、ルネは腹が立ってきたと言っていたが、ブランシュも同じ気持ちだ。

どうして、姿が変わるだけでこんな言われようをしなければならないだろう。

「お前は知っていたのか？　オレール！」

ブランシュが彼の方を見上げると、オレールも驚愕の表情でルネを見ていた。

ブランシュは、それが一番ショックだった。

誰も信じてくれなくても、オレールだけが信じてくれれば強くなれた。

でもオレールが信じてくれなければ、どう頑張ったらいいのかわからない。

「……ブランシュ」

問いかけるように名前を呼んだオレールに、ブランシュは一度首を振って、息を吸い込んだ。

「この姿は、リシュアン神のもとの姿です」

今、リシュアンとして国中でまつられているのは、人間の頃のルネに似た美しい男の人の像だ。だから、魔獣だと言われても、信じられないだろう。

「リシュアン様は、かつては魔獣だったそうです。魔獣といっても心優しい獣でした。なのに、洗脳されて体を縛られ、戦争に加担させられていたのです。世界が終わりを迎えそうになった時、建国の賢者ルネ様は、魔獣である彼の力を封印し、水晶化させました。そして、この国を守るための結界を張ったのです」

建国神話とは違う話に、領民たちは皆、眉をひそめている。

「それから、リシュアン様が皆の生活を守るために力を尽くしてくださったことを、疑う人はいないでしょう？　見た目が怖いからなんなのです。リシュアン様が人を苦しめたことがありますか？」

領民の視線が、ブランシュのうしろの水晶に移る。水晶は悲しげに青く光っていた。

「私がここに来て、領民を助けたいと言った時、リシュアン様はたくさんの助言をくださいました。だから、皆が幸せになれたと思っていたのに」

　ブランシュの瞳から、涙がこぼれ落ちる。

「私のことは、信じてくれなくてもかまいません。でも、リシュアン様はずっと民のために私に神託をくださいました。見た目なんかではなく、リシュアン様がもたらしてくださったものを思い出して、判断してください」

　涙で、皆の顔が見えない。オレールの顔を見たいけれど、それすらも無理だった。

《ブランシュ、行こう》

　ルネは、魔獣の姿のまま、尻尾を使ってブランシュを背中に乗せた。

《僕らの大事な聖女を、こんな悪意まみれのところに置いておけないよ》

「ま、待ってくれ」

　オレールが慌てて魔獣の前に立ちはだかる。しかし、硬質な尻尾になぎ払われてしまった。

「ルネ。やめて、オレール様に怪我をさせないで」

《君を守れないような男には、君はやれないよ》

　ルネは、一般の入り口ではなく西側の扉から外に出て、そのまま、すごいスピードでひとっ飛びした。

＊＊＊

礼拝堂の中に残されたのは、オレールとダミアン、神官たちと、逃げ遅れた領民たちだ。

ブランシュが一瞬で連れ去られてしまったことに、オレールはふつふつと怒りが湧いてきていた。領土を立て直し、ブランシュと共に幸せになれると信じていた。なのにダミアンが突然現れて、しっちゃかめっちゃかにかき回していったのだ。

オレールは、ダミアンに軽蔑の眼差しを向ける。

「兄上は、いったいなにをしにここに帰ってこられたのですか？」

「俺は、お前が困っているだろうから、領主を替わってやろうと」

「そんなに領主の座が欲しいなら、領民の支持を得てください。すぐに替わって差し上げますよ！」

悪びれない態度のダミアンに、オレールは吐き捨てるように言った。

「けれど、ブランシュを侮辱したことだけは許せない。あの猫が魔獣だったことは俺も驚きました。でも、それがなんなんです？　これまで、彼女と魔獣が俺たちに害を及ぼしたことなど一度もありません。それどころか、ずっと領民を救おうとしてくれていました。なのに兄上は、その彼女を傷つけたんだ！」

オレールの拳が、ダミアンの頬を殴る。

ひ弱なダミアンは床に転がり、痛みを訴えて大騒ぎする。しかし、彼に寄り添ったのはマリーズだけで、領民たちは白んだ目で見つめるだけだ。

「りょ、領主はオレール様だ。そうだろ？　みんな」

「ああ。俺たちの土地だ。俺たちにだって選ぶ権利はある」

「ダミアン様は出ていけ。先にここを捨てたのはアンタだ！」

領民が一体となっての大号令に、ダミアンはようやく自分がこの場に望まれていないことを悟った。

「お、お前ら」

唇を噛みしめ、領民を睨みつけるダミアンの前に、オレールは仁王立ちする。

「領主として宣言いたします。ダミアン・ダヤン、あなたは次期領主としての職務を放棄し、この領土を貧困に追いやった。その罪に鑑みて、領から追放いたします」

「貴様！」

「出ていってください。二度と、この地をお踏みにならないよう」

「……くそっ」

ダミアンが立ち上がり、マリーズも気まずそうに後をついていく。

しかし、ほかに誰も追う者はいなかった。

静まった小神殿で、領民たちは一様にオレールを見つめた。

「皆が、俺を領主にと望んでくれたこと、感謝する。ただ俺は、ブランシュ以外の人を妻にする気はない。彼女は本当に心優しい、聖女と呼ぶにふさわしい人だ」

領民たちも、顔を見合わせて頷く。

「ルネ……彼女の飼っている猫が魔獣に変化したのは、俺も今日初めて見た。だが俺は、彼女が君たち領民に、害が及ぶようなことをするとは思えないんだ」

領民たちは戸惑いがちに視線を交わす。オレールは、そんな彼らをじっと見つめたまま続けた。

「彼女にはなにか秘密があるのかもしれない。それでも、俺は彼女を選ぶ。ブランシュを妻にと請うつもりだ。そんな男が領主になるのは嫌だというなら、はっきり言ってくれ。その時は、親戚筋からふさわしい人材を探し出し、皆が困らないよう引き継ぎをするから」

オレールのよどみない宣言に、領民たちも心が決まったようだ。

「わ、私はブランシュ様を信じています！」

まず叫んだのが、マリーズと共に侍女をしていたベレニスだ。

「ブランシュ様は、小神殿の清掃を欠かしたことはありません。リシュアン様の水晶を、大切にされていました。いつも人のためにばかり一生懸命な方です。あの方が連れておられるのがたとえ魔獣だとしても、人を襲ったことなど、一度もなかったじゃありませんか」

「そ、そうだよな」

「あの魔獣、ブランシュ様を守っていたんじゃないか？」

「そういえばそうだな。ブランシュ様を守るためにあの姿になったみたいだった」

「聖女様は、最後までリシュアン神のことばかり言っていたぜ。本当に心優しい方なんだと俺も思う」

「俺もだ」

「私も」

ブランシュをたたえる声が、どんどん大きくなってくる。

「では、俺はブランシュを迎えに行ってくる。みんなはここで待っていてほしい」

「オレール様、いってらっしゃいませ」

「絶対に見つけてきてください。私たち、一度でも疑ったこと、ブランシュ様に謝らなくちゃ」

「ああ」

とはいえ、魔獣はすごい跳躍力で出ていってしまった。

どこから探せばいいか、オレールには思いつかない。

「リシュアン神……。どうすればブランシュを見つけることができるだろう」

水晶の間に入ったオレールは、水晶に手をあて一心に祈った。ブランシュの居場所を、その姿を見つけたいと。

オレールには神の声を聞くことはできない。しかし、子供の時から水晶を見ているので、吉凶を伝える時に光り方に違いがあることは知っている。

今、水晶は、白く光っている。おそらくはなにかを伝えようとしているのだ。

「くそっ、せっかく教えてくれているのに」

水晶の言葉を読み取ることはできない。けれど、水晶の光が一方向に偏っていることには気づいた。

「西を……探してみるか」

正解というように、光が中央による。

「神官、この水晶を持っていってもいいだろうか」

「しかし、水晶は領の宝です。台座から外すなど」

神官たちは戸惑いを見せる。

「だが、リシュアン神ならブランシュを捜せる」

「いいじゃないか、神官。ブランシュ様を捜すためだ。オレール様なら、絶対に水晶をなくしたりしないだろう！」

人々の熱意に押され、神官は高級な絹の袋に水晶を入れた。

「では、これをお持ちください。しかし、水晶はこの国を守るものといわれております。あまり長時間この神殿から離すのは、心配です。できるだけ早く、ブランシュ様を見つけてください」

「もちろんだ。レジス、馬を準備してくれ」

「はいっ」

こうして、オレールはレジスと少数の供だけを連れ、屋敷を飛び出したのだ。

大切なものを守るために

「待って、ルネ。どこに行くの？」
《なんか腹が立ってきたんだよね。魔獣の姿に怯えるのは仕方ないとしても、君のことまで疑うなんて、信じられないよ。そんな土地に嫁いでも、幸せになんかなれない。ブランシュ、幸せな結婚がしたいんだろ？》
「それは、そうだけど」
気がつけば、最初にイノシシに襲われかけた山のあたりに来ていた。
《この姿は目立つし、人の噂にも上るでしょ。本当にブランシュが必要なら、ちゃんと追ってくるよ》
「ルネが退治されたらどうするのよ」
《僕のこの姿はあってないようなものさ。どんな姿にだってなれる。矢が刺さったところで、死ぬこともないし》
恐ろしい魔獣の姿なのに、中身がルネだからか、愛嬌があるように思えてしまう。
「……私のこと、心配してくれたのね。ルネ。ありがとう」

《それにしても、あの兄貴は困ったもんだな》
「うん。でも領民のみんながオレール様の味方をしてくれたもの。きっと大丈夫よ」
むしろ、最終的に自分が、彼が糾弾される材料をつくってしまったことが悔しい。
《腹立たないの？　ここの産業が持ち直したのは、ブランシュのおかげじゃん。なのに、あの兄貴の言葉にみんな踊らされてさ》
たしかに、傷ついていないとは言わない。だけど。
「……ここの人たちは、私を利用しようとはしなかったわ。発端は私の意見だったかもしれないけど、その後は自分たちで頑張ろうとしてくれたもの。前世や中央神殿にいた時に私が嫌だったのは、みんなが私に仕事を押しつけて、自分は楽をしようとしていると感じていたからよ。でも……」
オレールも領民も、ブランシュの意見をすごいと言いつつ、人任せにはしなかった。成功させるために力を尽くしてくれた。ブランシュを、仲間にしてくれたのだ。
「だから、私は今回のことでここを出ていかなきゃならなくなったとしても、ここの領民のことは好きよ」
《お人よしだ》
「いいの。それでも」

慈善事業なんてもうたくさんだと、ずっと思ってきた。

でも、そこから離れようとしても、結局、ブランシュは人の力になれることがうれしいのだ。

「……本当は、ずっとここにいたいわ」

《ブランシュ》

「オレール様が好きよ。真面目で一生懸命で、不器用だけどそこが好き。……これで私のこと、信じられなくなったかもしれないけど」

考えると涙が浮かんでくる。魔獣を飼っている女のことを、彼はどう思うだろう。

《あいつが迎えに来ないようならさ。僕と一緒にどこかで楽しく暮らそうよ。ブランシュのためなら、頑張って人間の姿を維持してもいいよ？》

ルネは軽い調子で話す。励ましてくれているのがわかって、ブランシュも涙を拭いて笑顔になった。

「ルネは世界のために必要な人なんだから、無理しないで」

そのまま、日が暮れるまで、ブランシュとルネは話をしていた。

イノシシが出ないかと心配にもなったが、魔獣姿のルネのおかげか、動物たちは近寄ってこない。

「そういえば、聖女になったばかりの頃」

《うん？》

「まだ子供だったから、参拝者ともうまく話せなくてね。歌わなきゃならない讃美歌が、声が震えてどうしても歌えなかったことがあるの」

《へぇ》

参拝者たちの責めるような視線。ブランシュは足がすくんで、そこから逃げ出すこともできなかった。

「あの時、すごく心細かったの。今みたいにルネがいてくれたわけでもないから、周りがみんな敵みたいに思えて、本当に怖くて。まだ子供だったしね。でも……」

ほかの聖女も助けてはくれなかった。だけど、どこからか、音程の外れた讃美歌が聞こえてきたのだ。お世辞にも上手とはいえない歌声に、人々の意識はそちらに向かった。人々の視線が離れたことで、ブランシュの気持ちが少し軽くなったのだ。

「音程が外れていたから、歌は苦手だったはずよ。それでも、たぶん私を助けるために、その人は歌ってくれたんだと思った」

勇気をもらって次に歌い出した声は、自分が思うよりずっと伸びやかだった。

「あの時、私は聖女としてやっていけるかなって少し自信が持てたの」

《ふうん。じゃあ、歌ってみてよ、その讃美歌》

「ルネもよく知っているやつよ」

《それでも聞きたい》

ルネに請われて、ブランシュは歌い出した。

この讃美歌が好きだった。あの時の思い出が、歌うたびにブランシュを励ましてくれたから。

ブランシュの歌声に合わせて、ルネも歌う。魔獣の尻尾を振り回すものだから、風が起こって髪の毛が顔に貼りついてしまう。それでも、ルネが楽しんでいるようなのでうれしくなってきた。

そこに、いつの間にかもうひとつの声が重なった。

音程は外れていて、歌詞を聞かなければ、それが讃美歌だなんてわからない。

でもこの調子外れの歌声を、ブランシュは聞いたことがあった。

「あの時の、歌声と同じ」

聖女になりたてのブランシュを救ってくれた声。ブランシュが歌うのをやめると、その声も止まった。

「主は我らの弱さを知りて哀れむ……」

声を求めて、ブランシュは再び歌う。

低い声が、また調子外れの声を出しながら、近づいてきた。

やがて、大柄な男性の人影が確認できるようになる。

「見つけた。レジス、お前はここで待ってろ」

「ええっ、危ないですよ」

「いいから」

話し声を聞いて、ブランシュは確信した。

(そうだったの。あの時私を助けてくれたのは)

目の前の茂みから、オレールが顔を出した。

「……オレール様、だったんですね」

ブランシュを見つけたオレールの表情が、安堵のものへと変わる。

駆け出してきたと思った次の瞬間、ブランシュはオレールの腕に包まれた。

「ブランシュ！　よかった……無事で」

「オレール様。……捜しに、来てくれたのですか？」

ブランシュの目には涙が浮かぶ。

《よかったな。ブランシュ》

魔獣姿のルネが尻尾を動かしながら、ブランシュの頭に語りかける。

「オレール様、領民のみんなは」

「君のことを待っている。俺が迎えに行くと言ったら、皆快く送り出してくれた」

「嘘……」

領民たちは皆、魔獣姿のルネを恐れていたはずなのに。

オレールはブランシュの体に回した腕の力を少し緩め、ルネの方を見た。

魔獣姿のルネは、オレールよりも大きく、顔も怖いが、彼には恐れる様子はない。

「ルネは、魔獣なのか？」

改めて問われて、ブランシュは首を振った。

「ルネは、建国神話に出てくる建国の賢者です。今は思念体となっていて、魔素を使って自在に体をつくることができるそうです」

「なんだって？」

「ルネ、猫の姿になってくれる？」

《いいよ》

ルネはひと鳴きすると、その体を猫のものへと作り変えた。かわいい白猫の姿で、ブランシュの腕に収まる。

「本当に……変身できるんだな」

オレールは瞬きを繰り返した。自分の見たものが信じられないというように。

「こうなった以上、秘密にしておく方が余計な疑念を生むと思いますので、私の知る真実をすべてお話しますね」

ブランシュの真剣な顔に、オレールも神妙な顔つきになる。

「ある日、私は転んで頭を打った時に、前世の記憶を思い出したのです。すると、私の頭の中を覗いて興味を持ったルネが、私の頭の中に話しかけてくるようになり行動を共にするようになりました。白い猫のことは前から知っていましたが、声を聞こえるようになったのは前世を思い出してからです。もしかしたら、そこでなにかの力に目覚めたのかもしれません」

「待て、前世？」

ブランシュが自身の前世の記憶について話すと、オレールは疑うそぶりも見せず、興味深そうに聞き入った。

「じゃあ、猪肉料理も」

「ええ。前世にあった調理法です」

「道理で。ブランシュがあまりにも迷いなく猪肉を調理しているから、驚きだったんだ」

オレールは笑いだす。本当に信じてくれているのだと思えて、ブランシュはほっとした。

「ルネから、この国の成り立ちを教えてもらいました。建国神話に書かれているのとは違う、真実の歴史を。神殿でも言った通り、リシュアン神は、もとは魔獣なんです」

ブランシュは、ルネが洗脳されたリシュアンを救おうとした結果、リシュアンの魔力が水晶化し、彼と意思の疎通ができるようになったこと、リシュアンの魂は国を守ることを受け入れ、ずっと協力していてくれたことを伝えた。

「リシュアン様がしていたことは、神がおこなうことと同じです。だからルネは、彼を神として、人々にあがめさせた。もとが魔獣だということは関係ないと私は思っています。この国は、ルネとリシュアン様がいなければ、そもそも成り立たなかったのですから」

伝えるべきことは伝えた。その先の、信じるか信じないかの判断は、ブランシュに決められることではない。

「そうか。……そうだな」

「信じていただけますか？」

「君の言う通り、リシュアン様が国のための神託をしていたのは、疑いようもない真実だ」

ブランシュは、ほっとした。オレールが事実を踏まえて判断してくれる人で、本当によかったと思う。

《よかったな。ブランシュ》

突然、頭の中にリシュアンの声がする。

「え？ どうして？ 小神殿からじゃここまでは届かないはず」

ブランシュがきょろきょろとあたりを見回すと、オレールが思いあたったように胸のポケットから小水晶を出した。

「これのことか？ もしかして今も、リシュアン様の声が聞こえるのか？」

「ええ。どうして水晶を？ 神殿に安置してあるはずなのに」

「ブランシュを捜したいと願ったら、進むべき方向を光で示してくれた。俺は神の声を聞くことはできないが、水晶が意志を持って光っていることはわかっていたからな。持ち出すのは気が引けたが、神官も領民たちも了承してくれた」

「……そうなのですね」

　中央神殿なら、絶対に許されるはずのない行為だ。それを神官たちも領民も許してくれたことが、ブランシュがこの場所で存在を求められているなによりの証拠となる。

「私、帰ってもいいんですね」

「ああ。みんなも待っている。ルネのことだけはなにかしら説明つけないといけないと思うが……」

「正直にお話すればいいと思います。ルネは思念体なのだと。信じられなかったとしても、ほかに説明のしようもありませんもの」

「そうか。……そうだな」

「ルネがわざわざ魔獣の姿になったのは、それでも、私を信じてくれる人の中で暮らしてほしいと思ったからみたいです」

　ルネは正解というようにぴくりと尻尾を動かした。

《ルネは、ブランシュが大好きなんだよ》

《リシュアン！　余計なことを言うなよ！》

　リシュアンが言い、ルネが反論するようにたたみかけた。

　ブランシュは思わず笑ってしまったが、ふたりの声が聞こえないオレールは不思議そうな顔をしている。

「早く水晶を台座にお戻ししないといけませんね」

「ああそうだな。すぐそこに、レジスたちも待たせている。みんなで帰ろう」

気を取り直して立ち上がり、ブランシュは思い出したようにオレールの横顔を見つめた。

「オレール様は、昔、中央神殿に来てくださったことがあったのですか？」

「……さっきの歌でばれたか。歌声が聞こえたから、つい、一緒に歌ってしまった」

「うれしかったですよ。私、昔、あなたの歌声に救われたことがあったのです。緊張で声が震えて、聖女でいる自信がなくなりそうだった時、あなたの歌声に勇気をもらいました」

「……なっ」

今度はオレールの顔が真っ赤に染まる。

「俺は、……ただ、君が頑張っていたから、一緒に歌うことで少しでも力になれたらと思っただけだ」

「そんなに昔から私のことを知っていてくださったなんて思いませんでした」

オレールが正面を向く。ブランシュは心臓がバクバクしてきた。

オレールの胸もとにある水晶は、なぜだか少し赤い色を放ち、ルネはそっぽを向いてその場を離れている。

「あの頃から、君のことが気になっていた。結婚相手が君だと聞かされて、うれしさ半分、悔しさ半分だったんだ。俺はずっと君が聖女として成長していく姿を見てきた。なのに、その翼を折るのがまさか自分だなんて思わなくて、だから……最初はつっけんどんな態度をとってしまった。……すまなかった」

あの時の嫌そうな表情の理由が知れて、ブランシュはむしろほっとした。

「今は、どう思われていますか？」

「そうだな。結婚しようがしまいが、君が聖女だということは変わらないんだなと思っている」

ブランシュもちょっとだけそう思っていた。神殿を出てもなお、神殿の仕事ばかりをやっているのだから。

「君が来てくれて感謝している。俺と一緒に問題に立ち向かってくれて、俺と領民の間をつないでくれた。そして、……なにより、俺を愛してくれた」

オレールの瞳に熱がこもる。シンパシーというものだろうか。彼の言いたいことが、伝わってくるような気がした。きっと彼は自分と同じ気持ちをかかえている、そう思った。

（オレール様に、触れたいわ）

「神殿にいた時は、皆に仕事を押しつけられている気がして、つらかったんです。でも、ここに来てからは、自分がやりたいという気持ちで、いろんなことができています。結果として、今までと同じようなことばかりしているのに、毎日が楽しくて……。私も、ここに来られて幸せです。あなたを好きになって、この領土のことも大好きになりました」

にっこりと微笑めば、オレールの喉がごくりと動いたのが見える。顎を掴まれ上を向かされ、気がつけば唇を奪われていた。

「んっ……」

うまく息もできない。離してくれたと思ったらまたふさがれる。やがて顎に添えられていた手は背中に回り、ブランシュの動きを制限していく。

「ん、あっ」

呼吸がしたい。それを伝えたいだけなのに、喘（あえ）ぎに似た声しか出せない。ブランシュが必死に彼の胸を手で押すと、ようやく力を緩めてくれた。

「早く君を本当の妻にしたい」

「！」

ブランシュの顔も真っ赤になる。まさか、あの奥手なオレールがそんなことをはっきり言ってくれるなんて思わなくて。

「……け、結婚するんですから、いいんですよ？」

「はっ？」

「あ、いやあの。私の前世では、そんな感じなんです。その、結婚するまで純潔でいなきゃいけないとかそういうことはなくて」

「え？　まさか……」

オレールがじっとお腹のあたりを見つめてくるので、ブランシュは手で押し返した。

「もちろんまだ処女ですよ！　でも、オレール様なら、結婚もするのですし……んんっ」

再び唇をふさがれる。熱い息が、口の中に吹き込んできて朦朧としてくる。

「頼むから煽らないでくれ。正気でいられそうにない。前世がそうでも、今は俺と、この世界で生きているんだ。だから、この世界のルールにのっとって、世界一の花嫁にしたい」

「……オレール様」

オレールの言葉が、うれしかった。

「はい」

「では、今日のところは帰ろう」

なんとなく互いに名残惜しさをかかえつつ、オレールのエスコートを受け、ブランシュも歩きだした。ふたりの会話がひと通り終えたことを確認して、レジスも近づいてくる。

「ご無事でなによりです。ブランシュ様」

「レジス。心配をかけてすみません」

「うわっ」

オレールが突然叫び出した。

「どうしました?」

「水晶が、熱い」

見ると、赤みを帯びた光を放ち、発熱している。

「リシュアン様? どうしました?」

《大変だ。小神殿が燃えている》

「え?」

「どうした？　ブランシュ」

オレールが心配そうに覗き込んでくる。

「オレール様、小神殿が燃えているそうです。早く戻って消火しないと」

「なんだと？」

オレールは慌てて屋敷の方向を見る。しかしここからでは遠くてよくわからない。

「レジス、馬を」

「待って、オレール様。ルネ！　どこにいるの？」

《ここだよ！》

茂みの中から、突然猫が現れる。

「うわっ」

レジスが驚いたように飛びのいたが、すぐにルネだとわかったらしく、胸を撫で下ろした。

「お願い、ルネ。小神殿まで連れていって。あなたなら一瞬だわ」

《いいよ。でもブランシュとオレールだけね。馬なんて僕には運べないからねー》

そう言うと、ルネは魔獣の姿になり、ふたりに乗るように言った。

ブランシュとオレールは頷き合い、彼の背中に乗る。

「オ、オレール様？」

「レジス。お前は馬で戻ってくれ。俺はルネ殿の力を借りて先に戻る」

「心配しなくていいのよ、レジス。ルネは私たちを守ろうとしてくれているんだから」

「はあ……」

ルネはそのまま大地を蹴って飛び立った。

残されたレジスと護衛兵が途方に暮れたように空を見上げていた。

＊＊＊

半時ほど前、ダミアンは失意のまま、荷物をまとめていた。

「ダミアン様」

「マリーズか」

「手伝います」

ダミアンは荷造りをマリーズに任せ、立ち上がる。

苛立たしげに歩き回り、時折舌打ちが聞こえてくる。

「まさか領民が、あの状態になっても、オレールを支持するとはな。俺のなにが悪かったというんだ」

マリーズも、領民のあの反応は意外だった。そこまでオレールやブランシュが領民の信頼を得ていたことに驚きしかない。

「ダミアン様に才能があるのは、誰しもわかっていたはずなのに」

子供の頃、同年代にとって、ダミアンは英雄だった。その幻想を、マリーズはずっと捨てられずにいる。

「ダミアン様、これからどうなさるのですか?」

「どうするもこうするも、ここにはいられないようだからな。また旅にでも出て、見識を深めてこようと思う」

「……でも、その資金はどうするつもりで?」

「屋敷から持っていくに決まっているだろう?」

さも当然のように、ダミアンが言う。けれど、追放処分を受けたダミアンに、誰が支援するというのだろう。

「それは、無理では?　オレール様がお許しになるはずがありません。今のこの土地の財産は、ブランシュ様が提案された事業で得たものがほとんどですから」

「だがここは俺の実家だ。俺の支援をするのは当然ではないか」

マリーズも、じわじわとダミアンがみんなから受け入れられない理由がわかり始めてきた。

ダミアンは、いつまでもちやほやされていた神童時代から抜け出せていないのだ。

元領主が最初にダミアンにきつくあたったのは、今から四年ほど前、本格的にダミアンに領主業務を任せようとしていた頃だ。

一年も経たないうちに、ダミアンは修行に出ると言って逃げ出した。行き先さえ告げず手紙ひとつ置いて、すべての責任から逃れようとしたのだ。

「ダミアン様自身の蓄えはないのですか？」

「俺のか？ ないわけではないが、日々の生活ですぐ消えてしまうからな」

そしておそらく、生活力もない。よく四年近くもひとりで生きてこられたものだ。

「そうだ。……マリーズ、お前も来るか？」

「え？」

「最後まで俺を信じてくれたのはお前だけだ。俺ももういい年だし、望むなら妻にしてやってもいい」

ダミアンが初恋の人だというのに、マリーズは背筋がぞっとした。ダミアンに対して、そんな感情を持ったのは初めてだ。

「いえ、私は、……母もここにいますし」

「しかし、お前も今回のことで立場がないだろう。俺の妻になれば、きっと楽をさせてやるぞ」

（……放浪の旅に出るのに、本当にそう思うの？）

昔のマリーズなら、ダミアンからのプロポーズに、有頂天になっただろう。しかし今、得体の知れない恐怖がマリーズを襲う。

（私から、搾取するつもり……？）

理不尽な主張で、彼の生活の面倒を見させられる。

そしてそれは、おそらく正しい直感だ。

「なあ、マリーズ」

「嫌っ、私は行きません！」

伸ばされた手をはじき返し、マリーズは怯えたままダミアンを睨む。

「マリーズ？」

「ダ、ダミアン様は、まず信頼を得ないといけません。オレール様に謝って、領主補佐になるのはいかがですか？　能力はダミアン様の方があるのですから、きっとすぐに必要な人材として……」

「ふざけるな！」

壁が強く叩かれる。音に怯え、マリーズは自分の体が震えるのを感じた。

「お前までそんなことを言うのか。俺は、次期領主だと言われ続けてきたんだ。奪ったのは、オレールの方だろうが。だいたい、父上だってどうかしている。死を前にして弱気になったのか、後継者をこんな土壇場で変えるなんて」

話が通じない。ようやくマリーズはそれを理解した。

じりじりと気づかれないようにうしろに下がり、部屋から出ようと試みる。

しかし、それはすぐに、ダミアンに気づかれた。

「来い、マリーズ。使用人のお前が、俺の妻になれるなんて光栄だと思わないか？」

ダミアンはまるで荷物を掴むように、マリーズの腰を引き寄せた。

「いやっ、離してください」

「ああ、うるさいな。少し黙っていろ」

首のあたりを叩かれ、マリーズは前のめりに倒れる。視界が真っ暗になり、意識が遠くへと消えていった。


意識が戻った時、マリーズは床に転がされていた。

（ここ、どこ？）

あたりはもう暗くなっていた。ぱっと見、ここは小神殿内だ。神官たちの姿は見えないが、礼拝堂近くの彼らの待機場所のようだ。

（オレール様と一緒に、屋敷の者も神官たちもブランシュ様を捜しに出ていったはずだわ。今は屋敷にも神殿にも人が少ない……）

だから誰もダミアンの行動に目を光らせていないのだろう。

「くそっ、大したものがないな。水晶もなかったし、どうなっているんだ？」

ダミアンが小声で悪態をつきながら、戸棚の中をあさっているようだ。

どうやら、明かりがついていないのは、盗みを働いているからのようだ。

「もういい。このくらいあれば当座はしのげるはずだ」

再びマリーズのもとに近づいてくる。マリーズは迷い、とりあえずは寝たふりをすることにした。

ダミアンはまず、背中にマリーズを背負った。そして、荷物が詰まったかばんを持ち、立ち上がる。

神殿の北側にある出口まで来ると、通路を照らすために設置されていたランプを取り、小神殿の壁に投げつけた。

「俺を受け入れない土地だから、厄災が起こるんだぞ」

　割れたランプからはオイルが染み出し、炎が一気に大きくなる。

「ひっ」

　思わず声を出してしまった。ダミアンは肩越しにマリーズを振り返る。その間に、目の前の壁にみるみる炎が広がっていった。

「やあマリーズ、起きたのか。ここはもう終わりだ。新しい世界へ行こう。ジビエの事業をそこで始めてもいいかもしれないな」

「それは、ブランシュ様が始めたものです」

「ああ。でもこの領の事業だ。元領主の息子たる俺が継承することに、なんの問題もないだろう?」

　問題がありすぎだ。

　マリーズは自分の見る目のなさに、今さらながらに恥ずかしくなった。

　ブランシュは新しい事業を、みんなで一緒にやろうと言った。みんなのために、アイデアを出すことを惜しまなかった。

　口では『慈善事業は嫌だ』なんて言っていたけれど、彼女がやっていたことは、いつだってみんなのための行動だった。

「私、ブランシュ様を誤解していました。たとえ魔獣を従えていても、あの方は領を豊かにすることはあっても、その利益を奪うことはなさらなかった。むしろダミアン様の方が、ダヤン領を駄目にしてしまいます。私もう、あなたが領主にふさわしいとは思えません。早く火を消してくださ……きゃっ」

突然、マリーズはダミアンに床に投げ飛ばされた。

「ふん。お前だけは見どころがあるかと思ったのに。……もういい。お前もいらない。ここで神殿と共に燃え尽きるんだな」

「え……、ちょ」

炎はどんどん大きくなる。熱さにたじろぎ、マリーズは火から距離を取る。その間に、ダミアンは出口から出ていってしまった。

「待って！」

強く扉を叩くも、開きそうにない。どうやら、なにかを扉の前に置いた様子だ。

「嘘でしょう？　このままじゃ死んじゃう」

マリーズは焦り、まずは水を取ってこようと考える。

小神殿内の構造は頭に入っている。水場はここより西側にあるのだ。

しかし、一度は気絶するほど叩かれたせいか、動くとめまいがした。

「火を、消さなきゃ」

清掃道具が納めてある場所まで来て、バケツを見つけ出す。それに水を汲み、もう一度火もとに向かおうとして、マリーズは膝をついた。

思ったより煙を吸い込んでしまったのだ。

「ごほっ、ごほっ」

目の前がかすむ。これも自業自得なのかもしれないと、マリーズは思った。

「聖女様を、信じなかったから」

倒れたマリーズの瞳に、うっすら涙が浮かぶ。

結局のところ、マリーズの目を曇らせたのは嫉妬だったのだ。

マリーズはずっとダミアンが好きだった。領主一家に尽くすことで、いつか彼が自分を見てくれるのではないかと、淡い期待を抱いていたし、彼がいなくなってからは、落ちぶれていく辺境伯家を救うことはできないかとずっと考えていた。

それなのに、四年近く経ってもマリーズができなかったことを、ブランシュは簡単にやってのけた。それだけではなく、自分にはまったく気づくことのできなかったオレールのよさを引き出し、彼からも領民からも愛された。そんな彼女と、誰からも愛されない自分を比べて、勝手に悲しくなってしまった。

（私も素直に、ブランシュ様を称賛すればよかっただけなのに）

「……ごめん、な、さい」

マリーズは消火に向かうのをあきらめ、水晶の間に入った。この台座が結界の一部だということは、辺境伯家に仕える者ならなんとなく聞いている。

バケツの水を全身にかぶり、台座を抱きしめる。

屋敷の使用人が少ないとはいえ、じきに火が回っていることには気づくだろう。その時に、せめて台座だけでも無事なままにしたかったのだ。

＊　＊　＊

ルネが魔獣姿で辺境伯の屋敷へ降り立つ。マラブルの上空を通ってきたので、それを見ていた領民が、屋敷の方に走ってくるのが見えた。

「今来たら危ないわ！　火災よ。街のみんなは屋敷から離れたところで待機していて！」

ブランシュができる限りの大声で叫ぶ。その隙にルネは白猫の姿に戻った。

「オレール様、ブランシュ様！」

シプリアンが駆け寄ってくる。

「皆は無事か？　これはいったいどういうことだ」

「小神殿から火の手が上がって、屋敷にも燃え移っています」

「わかった。女性や子供は街の公園のあたりまで逃がしてくれ。逃げ遅れた人間がいないかチェックして、捜索は警備兵を中心におこなおう。助けに行ったものが被害に遭うことがないよう、しっかり管理してくれ。俺はまず消火に向かう」

元騎士であるオレールは、有事の際ほど冷静になれる。とっさに指示を出し、まっすぐ小神殿に向かった。

「ブランシュ、煙を吸い込まないように、口もとをなにかで覆うといい」

「ではオレール様も」

「そうだな……」

オレールは自身の服の袖を引きちぎり、ブランシュに渡した。そしてもう一方の袖も同じようにして、口を覆うように巻いてうしろで縛る。

「こんなふうにするんだ。小神殿に入ったら、身を低くして移動すること。火が強かったら、君はすぐ逃げてくれ。俺ひとりの方が、身動きは取りやすい」

「わかりました」

オレールの指示は的確だ。こんな時なのに、ブランシュは彼に惚れ直してしまう。

小神殿から出た火は、その北半分を焼き、屋敷にも燃え移っていた。

思いのほか消火は進んでいて、今は燃え移った屋敷の方が火力は強い。

「屋敷の方がひどいな。ブランシュ、俺は消火作業にまざってくる」

居ても立ってもいられぬ様子でオレールが言う。

「では、オレール様、水晶を私にください」

「どうする気だ」

「小神殿に行って、台座に戻します」

「わかった。もう火は消えているようだが気をつけてくれ」

「オレール様こそ、やけどなどしないでください」

「ああ。気をつけるさ」

オレールが駆けていく。ルネはちらりとブランシュを見たが、オレールについていってしまった。

（大丈夫かしら。まあルネは思念体に戻れば怪我なんてしないものね）

気を取り直して礼拝堂に向かった。

「ブランシュ様！　ご無事で」

「セザール神官！」

すぐさま神官が駆け寄ってきて、ブランシュの手の中にある水晶を見てほっとした表情を浮かべる。

「どうやら、ダミアン様が火を放って逃げたようです。マリーズ嬢が」

セザールの視線の先は水晶の間に向かっていた。水晶の台座がなにかで覆われている。よく見るとそれはずぶ濡れのマリーズだ。水晶の間も一部焼けていたが、マリーズが台座を抱き込んでいてくれたおかげで、台座そのものは無事だったようだ。

「水晶を戻します」

「ではこちらに」

神官はマリーズを台座から引き離す。ブランシュはその間に、水晶を台座にはめ込んだ。

すると、水晶は力を取り戻したように、先ほどよりも強い光を放ち始めた。

「リシュアン様、どうか火を消す手立てを教えてください」

しばしの沈黙の後、リシュアンは答えをくれた。

《屋敷裏の雑木林に、今はもう使われていない古井戸がある。その奥に、水脈が走っているんだ。ひとつ水の道をつくれば、間欠泉のように噴き出すはずだ》

「井戸、ですか？」

《そう。底のレンガをどうにかして壊せば、水を噴出させられるだろう》

「わかりました」

そうはいっても、古井戸に潜るのも、レンガを壊すのも簡単にできることじゃない。ましてや水が噴き出すのなら、穴をあけた張本人は吹き飛ばされて命にかかわる。

（でも今は、ほかに手立てがない）

「セザール神官、マリーズをお願いします」

神官に、彼女の手当ては任せ、ブランシュは屋敷裏に向かって走りだした。

あたり一帯に煙が立ち込めている。オレールは護衛兵や警備兵と共に、火を叩いて消し、これ以上の延焼を避けるために動いている。

「オレール様！」

「ブランシュ」

ブランシュはリシュアンから聞いた方法を彼に伝える。

「なるほど、古井戸か……リシュアン神が言うということは、噴き出すぐらいの水脈が今もあるということだな？」

「おそらく。でも、危険すぎてどうすればいいか」

「俺が行こう。井戸の中には騎士団時代に何度か入ったことがある。水が染み出しているところを広げて、うまく水の道をつくってやればいいんだろう?」

「でも危険です」

「勝算がなければリシュアン神も言わないだろう」

オレールは笑うと、一瞬、ブランシュを抱き寄せた。煙と汗のにおいに包まれる。

「君をひとりになんてしない。大丈夫だから、安全なところで待っていてくれ」

「……っ。絶対ですよ」

オレールはブランシュを離すと、警備兵たちに声をかけた。

「ロープを持ってこい。あと、アンカーとツルハシ。衝撃を和らげるために、胸当ても欲しい。俺の部屋にあるのを取ってきてくれ」

速やかに指示を出し、オレールは雑木林の方へと行ってしまった。

「……私も泣いていたら駄目だわ」

自分にできることをするのだ。オレールがもし怪我をしたら、すぐに助けられるようにしなければ。

ブランシュは走って小神殿に戻る。

「セザール神官、マリーズの様子はどうですか?」

マリーズは煙を吸いすぎたのか、頭痛を訴えている。めまいがしてまっすぐは歩けないようだ。

「マリーズ、大丈夫?」

「ごめ、なさい。ブランシュ、様」

「なにを言っているの。あなたのおかげで台座は無事だったのよ」

「……ダミアン、さま、なんです。火を……ごほっ」

「無理しないで、まずは休んでちょうだい」

マリーズをベッドに運ぶのは任せて、ブランシュは、その場にいた使用人に指示を出す。

「毛布を数枚と、やけどの薬や傷薬を持ってきて。それと……」

指示している間に、怒号のような音がした。

ブランシュは慌てて、持ってきてもらった毛布をかかえて屋敷裏に戻る。

「水がっ」

屋敷の裏から水が噴き出し、雨のように屋敷に降り注いでいる。

「オレール様を引き上げろ」

古井戸のそばで、警備兵たちが数人がかりでロープを引っ張っている。その先にオレールがいるのは明白だ。

「……オレール……様」

ブランシュは心配のしすぎで心臓がつぶれそうだ。

やがてずぶ濡れの彼が引き上げられる。くたりと頭を垂らし、意識はなさそうだ。

「オレール様をここに！」

ブランシュは持ってきた毛布を広げた。ついていた胸当てを外してもらい、毛布の上に横たわらせる。

ブランシュはひと通り彼の体を確認する。ツルハシの跳ね返りで怪我をしたのか、左腕のあたりが赤黒くなっている。しかしなによりもずぶ濡れで冷たく、じっと見つめていても呼吸をしていない。

「オレール様、しっかりして！　お願い！」

「まさか……オレール様が」

ブランシュの必死の叫びに、警備兵たちが顔をゆがめる。

いつの間にか、ルネが足もとにすり寄ってきた。

「ルネ……」

《井戸に穴をあけるのを手伝ってやっていたんだ。でも井戸は狭いから、魔獣になるわけにもいかず、壊す場所を指定してやることしかできなかった。水が噴き出した時、僕が盾になってあげたから体の怪我は大丈夫だと思うけど、井戸の中で水を飲んでしまったんだと思う》

「水を……」

（だとすれば、溺れた時の対処法でいいはず）

「……人工呼吸と、心臓マッサージ」

防災意識の高い日本だからこそ、そのやり方は一般の人間にも伝えられている。咲良も、何度か研修を受けたことがあるのだ。

ブランシュはオレールの右脇に膝をつき、彼の下あごを上げて、気道を確保した。この時点で呼吸をしていないので、人工呼吸を試みる。

周りが顔を赤らめて見ているが、非常時にそんなことどうでもいい。

二回やってもまだ変化はないので、今度は心臓マッサージをする。

「ブランシュ様？」

「まだ、彼は死んでいません！　あきらめては駄目です」

（胸の真ん中に手をあてて、体重をかけて押し込む。一分間に百回くらいの速さだったかしら）

前世の知識をしっかり思い出し、渾身の力を込めて心臓を押す。

「……げほっ」

やがてオレールが水を吐き出した。

そのまま、ブランシュは彼の頭を掴んで横を向かせ、水を全部吐き出させる。

「オレール様！　しっかりして」

「ブラン……シュ……？」

「私がわかりますね？　よかった。……よかっ……うっ……」

嗚咽で言葉が出なくなる。

《泣くなよぉ、ブランシュ》

ルネが尻尾で背中を撫でて、オレールはまだ力の入らない手を必死に伸ばそうとしてくれる。

（リシュアン様、ありがとうございます……！）

ブランシュは泣きながらも、オレールの体を毛布で包む。やがて鎮火し、人々は安堵して近づいてくる。

「ややっ、オレール様、大丈夫ですか！」

様子を見に来たシプリアンに、彼の体を温め、休ませるように頼む。

ブランシュには涙をぬぐって顔を上げた。もうひと仕事残っている。

（リシュアン様、噴き出した水を止める方法はあるかしら）

火が消えてもなお、止まることのない水をなんとかしなければならないのだ。

《たまっていた分の水が湧き出れば、自然と収まるはずだ。またたまったら出るかもしれないから、ふさぎたい場合は砂利や砂など水はけのよいものを底に入れて、上部を土などで埋め戻せばいい》

「では、放っておいても大丈夫ですか？」

《ああ。じきに収まるから、埋めるかどうするかはオレールと相談するといい》

ブランシュがリシュアンと話している間に、屋敷の使用人たちは火災の後始末や水に濡れた家財の処理に奔走していた。

「水の勢いが弱くなってきたぞ！」

誰かがそう叫び、井戸の方に目をやれば、屋敷の屋根にまで届く勢いで出ていた水はみるみるうちに高さが低くなり、やがて、井戸の中に収まるくらいになった。

「ありがとうございます。ブランシュ様。また奇跡を見せていただきました」

いつの間にか戻ってきたレジスが、駆け寄ってくる。

「レジス。オレール様のところへ行きましょう」

ブランシュはその場を皆に任せ、彼の眠る寝室へと向かった。

焼失したのは、神殿の北半分と、屋敷の北側部分だ。オレールとブランシュの部屋は東側の端なので無事だった。ブランシュはオレールの寝室へと向かう。

「シプリアン、オレール様の容体は？」

「ああ、ブランシュ様。お湯で体を拭き、顔色もよくなってまいりました。今はもう意識もはっきりしておりますよ。ずっとブランシュ様の名前を呼んでいらっしゃいます。行ってあげてくださいませ」

「ありがとう」

中に入るようレジスを促すと、彼は小さく首を振った。

「オレール様のことはブランシュ様にお任せします。代わりに、屋敷の方は私にお任せください。とりあえず今日皆が眠れる場所をつくるくらいまでは収拾をつけておきますので」

ポンと背中を押され、ブランシュは部屋の中に入る。

「ブランシュ、無事だったか！」

ベッドに横たわったまま、オレールが手を伸ばす。

「オレール様こそ、痛めたところはありませんか？」

「大丈夫だ。君が俺を生き返らせてくれたと聞いた。ありがとう」

「あれは……必死だっただけです。前世の救命方法で……」

思い出すと、また涙が浮かんできてしまう。

「私、前世の記憶があってよかった。あなたを失わずに済みました」

「ブランシュ……」

オレールの手がブランシュを包む。その温かさに、ブランシュはようやく、心の底からほっとしたのだ。


ひとしきり無事を確かめ合った一時間後、レジスが報告のためにやって来た。

「火災の原因は、ランプを壁に投げつけたことによる引火です。マリーズの証言によると、犯人はダミアン様で、神官の私物を盗んだ後、火を放って逃げたそうです」

「マリーズ？　彼女の言葉を信じてもいいのか？」

オレールは疑心をあらわにする。

「私は信じてもいいと思います。水晶の間の台座が燃えなかったのは、マリーズが守ってくれたからだそうです」

「そうなのか?」

「彼女が、私を疑っていたのは知っています。でも、台座を守るということは、少なくともリシュアン様のことは信じているということです。神殿に火をつけたダミアン様と決別したことからも、彼女は信頼に値すると思っています」

「そうか、わかった」

オレールはそう言うとレジスに向き直る。

「兄上がどっちに行ったかはわかるのか?」

「屋敷の片づけの手伝いに来てくれた領民に聞いてみたところ、似たような人物を南の街道で見たそうですが」

「そこなら、一本道だ。見つけるのもたやすいだろうな。レジス、手配を頼む」

「かしこまりました。捕縛でよろしいのですよね」

レジスが問えば、オレールは神妙な表情のまま頷いた。

「……あたり前だ」

オレールは騎士であったのだから、罪を犯した人間に情けをかけることはないだろう。まして、神殿も屋敷も火事で半壊し、こちら側の被害だって甚大だ。

せっかく経済的に上向いてきたというのに、また一からやり直しだ。

それでも、自分の兄弟を捕らえることがつらくないわけがない。

「みゃあ」

「ルネ。国の結界は大丈夫だった？」

《台座が無事だったから、なんとかなりそうだね。マリーズは好きじゃないけど、これを守ったことだけはお手柄だよ》

「では、私は怪我人の治療のお手伝いをします」

ダミアンを捕まえるのは、ダヤン領の警備兵たちの仕事だ。

レジスは西側にある入り口に近い部屋を、救護室として使うように指示してくれていた。

ブランシュはそこに向かい、神官に交ざって治療を手伝うことにした。

「あっ、ブランシュ様、おかえりなさい」

そういえば、化け物を従えていると思われて、ここから逃げたのだったと思い出し、ブランシュは気まずいながらも彼らに挨拶をする。

「ただいま帰りました。……皆さん、私がここにいるのは嫌じゃありませんか？」

おずおずと聞いてみると、その場にいた人間は皆一様に笑顔を見せる。

「私は、ブランシュ様がダヤン領のために頑張っていたのを知っていますから」

「魔獣を飼っているのもなにか理由があるんでしょう?」

領民たちがブランシュの周りに集まってくる。ブランシュは微笑んでルネのことを説明した。

「魔獣じゃないわ。この世界を救ってくれた賢者なの。信じてもらえるかはわからないけれど、今度きちんとみんなにお話しするわね。聞いてもらえるかしら」

「もちろんです」

自分のことを、信じてくれる人がいる。なんて幸せなのだろうとブランシュは思った。

＊＊＊

水晶の間に、一匹の白猫が入り込んでくる。
《ルネ、お疲れ》
《ほんとだよー。疲れちゃったよ》
ルネは前足を床にひっかけ、うーんと伸びをした。
《人間ってやつは、疑ったり信じたり面倒くさいよね》

《ルネだって昔は人間だったじゃないか》
《んー。でも僕は天才だからさ、自分の力でなんでもできたし、他人のことはどうでもよかったんだよね》
　でも今は……とルネは思う。あのお人よしの聖女を、見守っていきたい。賢者のルネから見れば、オレールもブランシュも無鉄砲すぎて、いつどこで傷つくかと思うと気が気じゃないのだ。
　ルネが楽しい毎日を送るためには、前世の記憶を持つブランシュは不可欠なのだ。だから彼女が、幸せそうにしていてくれなければ困る。
《まあでも、僕もここの領民を信じてやるよ。ブランシュのこと、ちゃんとまた受け入れたみたいだからな》
《ルネは偉そうだなぁ》
　リシュアンが笑うと、水晶が淡くピンクに光る。
　ようやくダヤン領には平和が戻りつつあった。

＊　＊　＊

ダミアンは、南の街道でダヤン領の警備兵に捕まった。

すぐに連れ戻され、オレールの前に突き出される。

「兄上、今度ばかりは許すわけにいきません」

「なぜだ。ダヤン領は俺の実家だ。そこから少し支援金をいただいただけじゃないか」

「神官たちのものに手をつけるのは犯罪です。しかもあなたは、神殿に火を放った。これはもう、ダヤン領だけの問題ではありません。国の結界にも影響を及ぼす話です。兄上の処遇は王都の司法の判断に委ねます」

「は？ なにを言っているんだ。地方で起きた犯罪の対応は領主が取るものだろう。それも知らないで、お前よく領主なんて……」

「辺境伯家が犯罪に絡んでいる場合に、その要件は適用されません」

オレールはぴしゃりと言って、ダミアンに反論を許さなかった。

その日からダミアンは地下牢の中で時を待つこととなる。

マリーズは、当初ダミアンに追従しようとしたが、最終的にダヤン領の利益を重視し、結界を守ったことにより、おとがめなしでの放免となった。

ブランシュ付きの側近からは外され、本人は屋敷の外で仕事を見つけると言っている。

火事騒ぎが落ち着いた頃、ブランシュは屋敷の人間および街の人たちに、普段は猫の姿のルネが賢者ルネの思念体であり、見た目の姿は変化させられるということを伝えた。

「そんなことある……?」

疑心暗鬼な人間は大勢いたが、ブランシュはそれでもいいと言った。

「信じる信じないは個人の自由ですから。ただ、私は自分の暮らすこのダヤン領で、みんなに嘘をつきたくはないと思っただけです」

彼女の考えにオレールも賛成だった。

その後も、ルネに怯える人はいた。けれど、ブランシュをよく知る人は、彼女の言葉を信じてくれた。

「これから四ヵ月かけて、屋敷と小神殿の修復をおこなう。完成した暁には、ブランシュとの正式な結婚式をおこなうつもりだ」

オレールがはっきりとこう言ったことで、それ以上、ブランシュやルネを責めようという動きはなくなった。

さらに一週間後、王都から命令書が届く。

『ダミアン・ダヤンは、国の大事な結界への破壊未遂行為により、ドランシ牢獄に収監とする』

その知らせに、ダミアンは肩を落とし、オレールに詰め寄った。

「ドランシ牢獄だと？　入ったら一生出られないとこじゃないか」

「あなたは俺の大切なブランシュを傷つけ、さらに大事な小神殿にまで被害をもたらした。同情の余地はそこにはありません。陛下のご命令通り、ドランシ牢獄へ行っていただきます」

ドランシ牢獄は、終身刑の貴人が収容される施設だ。これでも多大な温情をかけてもらったといえる。

「きちんと反省して認めてもらえれば、いつか恩赦があるかもしれません。その時は、あなたの能力を国のために役立ててください」

オレールの必死の声は、ダミアンには届いていたのだろうか。

彼はうつろな表情のまま、ただオレールを見ていた。

「なんで俺が……」

独り言のように、小さく漏らされた言葉を聞けば、彼が自分を顧みるのはまだ先のことかもしれない。

幼い頃の栄光にすがり、いつまでも自分が特別だと信じている彼は、もしかしたらとても、かわいそうな人間なのかもしれない。

＊　＊　＊

その夜、ブランシュはオレールが心配で、ティーワゴンを押して彼のもとを訪ねた。

唯一残っていた肉親を、自分の手で牢獄へ送ることとなったのだ。心中複雑なのではないかと思う。

「オレール様、入ってもいいですか？」

「ブランシュか、どうした？」

「レジスにお茶の入れ方を教えてもらったんです。せっかくなので、一緒に楽しみたいなと思って」

ブランシュは持ってきた茶葉を見せると、オレールは顔をほころばせた。

「ティン茶か。ありがとう」

「お好きでしょう？」

レジスに習った通り、先に温めておいたポットに茶葉を入れ、お湯を入れてしばらく蒸らした。その後、茶こしを使って均等にカップに注いでいく。紅茶は最後の一滴に味が凝縮されていると聞いたので、それをオレールのカップに落とす。

オレールは、ブランシュの手もとを愛おしそうに見つめていた。

「なんですか？」

「いや、贅沢な時間だなと思って。君が俺のためにだけ、お茶を入れてくれるなんて」

「ふふ。オレール様のためならいつでも入れますよ」

テーブルの上にカップを置き、彼がそれを飲むのを眺める。紅茶の温かさが、彼の心をほぐしてくれるといいなと願いながら。

「オレール様のせいでは、ないですからね」

「……なにがだ？」

「ダミアン様のことです。あの方がこうなったのは、ダミアン様ご自身のせいなのではないですか？　いくら領主教育を受けておられても、民を思いやる気持ちや、土地を守る覚悟がなければ、務まらないと思うんです。ダミアン様が領主になられたら、きっと、辺境伯家は没落していたでしょう。前領主様が、オレール様を次期領主にとご指名になったのも、それを見抜かれたからなのだと思います」

　これまでのダミアンの言動を思い返せば、自分の推測はあたっているとブランシュには思えた。

「オレール様は、苦境においても自身の責任から逃げなかった。その努力の結果、領主として皆に認められたのだと私は思っています」

　オレールは黙って、ブランシュの言葉に耳を傾けている。

「私も、オレール様がつらい状況でも逃げずに立ち向かう、責任感のある人だからこそ、力になりたいと思ったんです。そして、神託とは関係なく、あなただから好きになったんです。もしこの先、神託が取り消されることがあったとしても、私はオレール様以外に嫁ぐ気はありません」

　ブランシュの告白を、オレールはただじっと彼女の目を見つめて聞いていた。

「だから、つまり、……ダミアン様のこと、落ち込まないでください」

　だんだんと、しどろもどろになってしまう。

　ブランシュが恥ずかしくなってきてうつむくと、オレールは優しく彼女の髪を撫でた。

「ありがとう。ブランシュ。大丈夫、兄上を監獄に送ったことは、後悔していない。兄上は、許されないことをしたと思うし」

「いらない心配でしたか？」

ブランシュがそう言うと、オレールは静かに首を振った。

「いや。後悔はしていないが、少し落ち込んではいた。……実の兄だからね。だから、君が心配してきて来てくれたのが、本当にうれしい」

オレールは、頬を赤らめ、とても優しげな笑顔を見せる。

「君がいてくれるだけで、俺はうつむかず前を向けるような気がする。……君を娶れと言ってくれた神託に、ものすごく感謝している」

「私も、リシュアン様に感謝しています」

ふたりの影は、ゆっくりと近づき、やがてひとつになる。

この日、オレールはブランシュを離すのに、ものすごい意志の力を必要としていた。

戒めとなったのは自身の言葉。

『この世界のルールで君を最高の花嫁にしたいんだ』

それは心からの本心で、だからこそオレールはなんとか思いとどまることができたのだった。

エピローグ

時は過ぎ、屋敷や神殿の修復も進んでいく。

被害が大きかったため、費用の捻出には苦労したが、街の大工たちや住民たちが協力してくれたこともあり、順調に進んだ。

「こうして仕事も入るなら、林業の復活も近いですね」

かつて人手不足で荒れていた山も、領土の景気が戻り始めたことで、人手が確保できるようになっていた。

そこに、今回の火災で木材が大量に必要になり、収入も一気に増える予定だ。

整備されたことによって、イノシシの出没が減り、農産物の被害も激減、領民は皆喜んでいる。猪肉料理や革細工の販売量は減ったけれど、その分価値が上がり、改めて注目されるきっかけになった。いずれにしても、全体としてはプラスであったといえる。

建物の修復が進む中、結婚式の準備もおこなわれた。

オレールはブランシュに似合うドレスを作るために、絹織物の盛んな北のペルショー辺境伯のもとまで行ったのだ。

「神託で結婚とは大変だと思っておりましたが、どうやら仲睦まじいご様子で」

オレールよりも五歳ほど年上の辺境伯は、そう言ってオレールをからかうのだった。

一方、ブランシュは、相変わらずジビエ料理の改良に余念がない。

「マリーズ、このコショウを使ってみて」

マリーズは、屋敷を出た後、ジビエ料理店で働くことになった。一からやり直すのだと、売り子ではなく、料理人として修業をしているらしい。

「ブランシュ様、これは？」

「中央で有名になっているコショウらしいの」

できるだけジビエ料理の供給量を安定させようと、今はイノシシだけではなく、クマ肉なども提供している。さらに、暇な時期は新しい味付けを求めて香辛料を開拓しているのだ。

もちろん自分の足でいろいろな地域を回る。オレールのくれたイノシシ革のブーツは、どんな時もブランシュの足を守ってくれた。オレールが一緒に来られることは少ないが、侍女のベレニスが、いつもブランシュについてきて、身の回りの世話をしてくれた。

「ブランシュ様、この後はどうします」

「そうね。『ジビエパルク』に行きましょう」

ジビエパルクは、ブランシュが、前世での道の駅を参考にした複合施設だ。ジビエ料理の店をはじめとしていくつかの飲食店、革細工などの品を集めた小間物屋。そして採れたての野菜を売る直売所が一ヵ所に集まっていて、観光の名所となっている。

場所は、王都から続く街道沿いにつくった。マラブルに行く途中にあり、ダヤン領のことがここでよくわかるよう、案内板を設置して歴史も紹介している。

「こんにちは、どうかしら調子は」

「あっ、ブランシュ様。お客様、たくさん入っていますよ」

ブランシュは、ルネから聞いたことのすべてを、中央神殿に報告した。

リシュアンがもとは魔獣だったということを公表することには、反対意見も多かったが、リシュアンとルネが世界を守り続けていることを公表するべきだとの意見もあり、結局公開に踏みきったのだ。

「ほら、ルネのパペットよ。どうかしら」

その手法としてブランシュが提案したのは、人形劇でルネとリシュアンの物語を披露することだ。

まずは、偏見の少ない子供たちに彼らのことを理解してもらい、徐々に大人たちにも理解してもらうのだ。神としてまつられた魔獣は、体を失ってもなお、皆を生かすために力を尽くしてくれているのだと。

「ブランシュ様の結婚式もここでするのですよね？」

「ふふ。なんだか恥ずかしいけれど、この場所を知ってもらうのには一番だもの」

聖女の降嫁ということもあり、ブランシュの結婚は全国に知れ渡っている。

そこで、宣伝も兼ねてジビエパルクでやることにしたのだ。ここを、ダヤン領の新名所だと知ってもらうために。

「私たちも、楽しみです」

従業員たちが笑顔でそう言ってくれるのが、ブランシュにはなによりもうれしかった。


時は流れ、春がやって来る。

ブランシュは、絹のドレスに身を包み、バージンロードを歩いていた。

中央神殿から筆頭聖女のドロテが祝福に訪れていることが、この結婚がリシュアン神の神託によるものだと証明している。

しかし、そんなことも忘れてしまいそうなくらい、新郎新婦はふたりの世界に入りきっており、見ているだけで恥ずかしくなるというあつあつの状態に陥っていた。

「愛している、ブランシュ。君を一生大切にする」

ブランシュがオレールのもとにたどり着いた途端、彼は彼女の両手を握り、勝手に誓いを述べるのだから、神官たちは困りきってしまう。

「オレール様、先に私の祈りの言葉を聞いてください」

「ああ悪い。待ち焦がれていたものだから」

ふたり、正面を向いて神官の言葉を聞いている間も、つながれた手は離されることはない。

「あなたは妻ブランシュを、生涯愛し、病める時も健やかなる時も、共に過ごすことを誓いますか」

「誓います」

誓いと共に、握られた手に力がこもる。ブランシュは常に感じられる彼の愛情がうれしかった。

「ブランシュ・アルベール。あなたは夫オレールを、生涯愛し、病める時も健やかなる時も、共に過ごすことを誓いますか」

「誓います。一生、共にいます」

十四歳の時、聖女の力を見いだされたブランシュは、強制的に家族と引き離された。

最初は心配してくれた家族も、じきにブランシュのいない生活に慣れていった。

それがずっと寂しくて、自分にはもう温かな家庭など手に入らないのだと思っていた。

でも今日、オレールはブランシュの両親も招待してくれた。あまりに久しぶりに会うため、うまく話をすることができなかったが、彼との愛を誓った後ならば、少し素直になれる気がする。

そう思えるのも、オレールと出会えたからだ。

「一生、あなたを愛します」

すべてを見通すリシュアンには、ブランシュがこんなふうにオレールに恋をすることもわかっていたのだろうか。

「俺もだ」

促される前に、交わされる誓いのキス。

神官はすでに、勝手にやってくれというような顔になっている。

「ブランシュ、おめでとう！」

聞こえる声は父と母のものだ。うれしい気持ちと恥ずかしい気持ち半々で、ブランシュは彼らに笑顔を見せた。

やがて式の終了間際、ライスシャワーという新郎新婦へ花びらと共にお米をふりかけるセレモニーが行われた。これもブランシュの前世の記憶から採用したものだ。

米粒には豊作や子孫繁栄の意味があるため、ライスシャワーには、【これからの結婚生活が豊かで、子宝に恵まれますように】という意味があるのだ。

「ブランシュ、いい式だったね」

ドロテが近づいてくる。ブランシュは、腰痛という持病があるのに、こんな遠くまで祝福に来てくれたドロテに、改めて感謝した。

「ドロテ様、ありがとうございました」

彼女は幸せそうに笑うブランシュを、目を細めて見つめる。

「降嫁したとはいえ、お前はまだ神の声を聞くことができるのだろう」

ブランシュが頷くと、ドロテは口もとをほころばせた。

「……与えられた居場所で、自分らしく生きなさい。神がなにを思ってお前をここに遣わしたのか、今の時点ではわからないが、その生涯を終える頃には、きっと誰もが神託の正しさを知るだろう」

筆頭聖女らしい重みのある言葉に、ブランシュは心から頷いた。
《リシュアンが、ブランシュを選んだのはたまたまじゃないのかなぁ》
ルネらしき適当な発言が聞こえるが、それは聞かなかったことにしよう。
「はい。私、これからもここで頑張ります」
聖女として、領主夫人として。まだまだやることはたくさんある。
これは終わりではなく、始まりなのだ。

【Fin.】

特別書き下ろし番外編

オレールの捜しもの

結婚式の二ヵ月前のこと、修理を終えた小神殿を訪れたオレールは、とても神妙な表情をしていた。

「ブランシュ、リシュアン神は個人的な頼みごとを聞いてはくれるだろうか」

「内容によると思います。リシュアン様は事実しか語ることができないそうですので、予言するとかは無理みたいですよ？」

「そうか。いや、事実……ではあるな」

とても言いにくそうに、何度もつっかえながら、オレールは捜しているものがあるのだと言った。

「昔、生まれて初めて失いたくないと思ったものがあったんだが、その頃、俺は兄上とうまくいってなくてな」

どの年齢の時もうまくいってはいなさそうだけどとブランシュは思ったが、それは口に出さないでおく。

「大事なものを取られることがよくあったから、これだけは失くさないようにと、屋敷裏の雑木林に埋めたんだ。ところが、そのまま忘れてしまっていてな。掘り返したいのだが、場所がどこだかわからないんだ」

「なるほど！　その場所を捜しあてたいってことですね」

「ああ、そうだ。このような個人的なことでリシュアン様をわずらわせるのは申し訳ないのだが」

オレールはなんだか恐縮しまくっているが、それくらいのことなら、すぐ答えてくれるだろう。

「聞いてみますね。埋めたのは何歳頃ですか？」

「十歳頃だったかな」

ブランシュは、水晶に触れ、リシュアンに呼びかける。

「リシュアン様、オレール様が十歳くらいの時になにかを埋めた場所ってわかりますか？」

《十歳……十四年前だね？　ちょっと待っていて》

しばらく待っていると、リシュアンが明るい声で答えてくれる。

《古井戸から、北に八十歩、東に百十歩行ったあたりの木の根もとに埋まっている》

「すごい、リシュアン様、そんなに詳細な場所まで」

ブランシュは、嬉々としてオレールに説明する。

「早速捜しに行きましょう！」

意気込んでそう言ってみたが、オレールはゆっくりと目をそらし、ブランシュの肩を押して椅子に座らせる。

「捜すのは俺がやるから、君は気にしないで」

「えーでも、せっかくここまで聞いたのですから、一緒に」

「いいんだ。それより、小神殿の留守番をお願いしたい。いろいろ、危ないから」

「小神殿はもう修理が終わっていますし、セザール神官だっています。私がいなくても……」

「いいから、ここで待っていてほしい」

一気に言うと、オレールは神殿から出ていってしまった。

残されたブランシュと猫姿のルネは目を見合わせる。

「……怪しくない？」

《なにか隠していそうだよな》

そう。妙に焦っていた。埋めたものは、見られたくないものなのだろうか。

「でも、十歳の頃の宝物でしょう？　大切なおもちゃだとか、家族の絵とかじゃないのかしら」

《そうか。ブランシュは気にならないんだね。僕は気になるから見てくる》

ルネはブランシュを置いて、とことこと動きだす。

「ちょ、駄目よ。ここで待っていろって言われたわ」

《うん。でもそれってブランシュにだろ？　僕が言われたわけじゃないし》

ルネは片目をつぶって歩きだす。

「ま、……待って！」

猫の尻尾がピンと立って、さあどうするんだとばかりにゆらゆら揺れる。

「わ、私も行くわ」

《うん。言うと思ったよ》

にゃあと猫の声を出したルネに、なぜか負けたような気がしながら、ブランシュは外に出た。


屋敷裏の雑木林は、火災には遭わなかったため、木々がうっそうと茂っていた。古井戸のところからリシュアンが言った通りに歩くと、予想外に緩やかな上りだ。大した歩数ではなくとも息が切れる。

《オレールの足跡があるな》
「結構険しい道ね」
《さっきの話しぶりじゃ、ダミアンが来られないようなところに隠そうとしたんだろ。あいつは軟弱そうだったし》
「そうか。それもそうね」
それにしても、そんな幼少期からダミアンは周囲に対して、横暴な態度を取っていたのだろうか。そしておそらく、周囲もそれを許していた。オレールが兄に対して持っていた劣等感は、そうした日々がつくり上げたものなのだろう。
《あ、あそこだ》
ルネの視線の先を見れば、オレールが、生い茂る木々の中の、幹に穴のあいた木の根もとにしゃがみ込んでいる。
「あそこに隠していたのかしら」
《そのようだな》
じっと見ていると、オレールは小さな箱を取り出して、ほっとしたような表情をしていた。
「思ったより小さいのね」

きた。

「なるけど、……でも、オレール様がいつか話してくれるのを待った方がいいかしら」

心底安心したような顔を見たら、なんだか覗き見していたことが恥ずかしくなってきた。

あれはきっと、オレールの大切な思い出なのだ。だとすれば、彼がその気持ちを分け合おうとしてくれた時に聞けばいいではないか。

「……帰りましょう、ルネ」

《僕はそういう、人間の回りくどさとか嫌いなんだよね》

ブランシュの殊勝な決意を、台無しにするようなことをルネは言った。

「えっ」

「にゃあん」

ルネはブランシュの言うことも聞かず、オレールの方へ向かって行ってしまった。

当然、オレールは声に気づいてこちらを向き、ブランシュはあっさりと見つかってしまったのだ。

「ブランシュ！」

オレールは立ち上がると慌てて駆け寄ってきた。

《気になる？　ブランシュ》

（お、怒られる……！）

思わずぎゅっと目をつぶると、次の瞬間、力強く肩を掴まれた。

「危ないから来るなと言ったのに……！　怪我はしてないか？」

「え……」

そんなことは言っていない。思い返してみても言っていない。

「私に秘密にしたがっていたのでは……」

「秘密に……？　いや、それはそうだが」

ハッと思い出したように、オレールはポケットに箱を隠そうとしたが、やがて思い直したようにブランシュに差し出した。

「秘密……というか、内緒にしていて驚かせようと思っただけだ」

「……見てもいいのですか？」

「ああ」

箱の中には、真綿に包まれた赤褐色の原石が入っている。

「十歳の誕生日に、母上からもらったものだ。大人になって大切な人ができたら、これで指輪を作って贈りなさいと言ってな。俺の瞳の色と同じだろう？」

オレールの瞳は、茶味がかった赤色だ。赤色の宝石は多くあれど、たしかにこの原石はオレールの瞳の色に近い。

「ジルコン・ルージュというらしいな。なかなか珍しいものだから、見つけた時に買っておいたのだと言っていた。……実はすっかり忘れていてな。結婚式までに指輪を用意しなければと考えていてようやく思い出した。誰にも奪われずにここにあってよかったよ」

「そうなんですね」

胸がじわじわと温かくなっていく。感激して涙が出そうだ。

瞳の色の宝石を子供に託すお母様も、とても素敵な人だったのだろう。

「内緒にしていて驚かそうとも思ったが、君とだったら一緒に考えた方がいいと思い直した。どうだろう。どんな加工がいい？　今度一緒に宝石店に行こう」

「はい！　うれしいです。……そうだ、では私からはオレール様にブローチを贈らせてください。その、私の瞳の色で。……いいでしょうか」

ちらりと彼をうかがえば、耳のあたりが赤くなっている。

（……照れてる。かわいい！）

オレールとの付き合い方も、だいぶわかってきた。

彼は、言葉は少ないけれど、ブランシュのことをとても大切に思っていてくれる。

そして、気持ちを言葉にすれば、その少ない言葉の中からでも真剣に応えようとしてくれる人だ。

「オレール様のお嫁さんになれる日が楽しみです」

そうすると今度は頬まで真っ赤だ。ブランシュはうれしくて自然に笑ってしまう。

（これからも、ためらわず言葉にしよう）

だってそうすればするほど、ブランシュはオレールを好きになれるから。

いつの間にかルネが姿を消していて、ブランシュとオレールはしばし人の来ない雑木林で穏やかな時を過ごしたのだった。

【Fin.】

あとがき

はじめまして、またはお久しぶりです、坂野真夢です。このたびは『働きすぎのお人よし聖女ですが、無口な辺境伯に嫁いだらまさかの溺愛が待っていました〜なぜか過保護なもふもふにも守られています〜』をお手に取っていただき、ありがとうございます。

実は私、前作を書き上げてからスランプに陥っていまして、この一年、書いては消しを繰り返してきました。

このお話も、書き上げたものの、どこかちぐはぐというか、キャラクターの性格と設定がうまくかみ合わないな〜と思っていました。まあでも、締め切りはやって来るので、提出はしたんですけど（笑）

でも、編集さんたちから、いろいろアドバイスをいただきまして、余分な説明とか設定をそぎ落としたところ、ようやくそれぞれのキャラクターが生き生きと動くようになってくれました。

いまいち格好つかないと思っていたオレールも、編集作業の途中から（格好いいか

もしれない……）と思えてきました（笑）

執筆は孤独な作業と言いますが、作品作りは孤独じゃないんだよな、と改めて思えた次第です。おかげで、自信を持って皆様にも「読んでください！」と言える作品になったと思います。

表紙イラストを担当してくださったまろ先生。オレールがたくましく、ブランシュはかわいらしいとっても素敵なイラストをありがとうございます！　編集作業中、何度も見直してはやる気と元気をいただきました。

今回から新しい担当様になったのですが、しょっぱなからひやひやさせることが多くてすみませんでした！　率直なご意見にずいぶん助けられました。編集協力の方には、本当に頭が上がりません。的確な指摘のおかげで、設定渋滞が解消され、とても書きやすく、そして読みやすくもなりました。ありがとうございます！

また、出版にかかわっていただいたすべての皆様に、お礼を申し上げます。

そして最後に、いつも応援してくださる読者の皆様。ありがとうございます。

楽しんでもらえたなら、うれしいです。

坂野真夢（さかのまむ）

坂野真夢先生への
ファンレターのあて先

〒104-0031
東京都中央区京橋1-3-1
八重洲口大栄ビル7F
スターツ出版株式会社　書籍編集部　気付

坂野真夢先生

本書へのご意見をお聞かせください

お買い上げいただき、ありがとうございます。
今後の編集の参考にさせていただきますので、
アンケートにお答えいただければ幸いです。

下記URLまたはQRコードから
アンケートページへお入りください。
https://www.berrys-cafe.jp/static/etc/bb

働きすぎのお人よし聖女ですが、無口な辺境伯に嫁いだらまさかの溺愛が待っていました ～なぜか過保護なもふもふにも守られています～

2023年12月10日　初版第1刷発行

著　　者　坂野真夢
©Mamu Sakano 2023
発 行 人　菊地修一
デザイン　hive & co.,ltd.
校　　正　株式会社鷗来堂
発 行 所　スターツ出版株式会社
〒104-0031
東京都中央区京橋1-3-1　八重洲口大栄ビル7F
TEL　出版マーケティンググループ　03-6202-0386
（ご注文等に関するお問い合わせ）
URL　https://starts-pub.jp/
印 刷 所　大日本印刷株式会社

Printed in Japan

乱丁・落丁などの不良品はお取替えいたします。
上記出版マーケティンググループまでお問い合わせください。
定価はカバーに記載されています。

ISBN 978-4-8137-1515-3　C0193

ベリーズ文庫　2023年12月発売

『高貴なCEOは純朴令嬢を生涯愛し囲う～俺の妻は君しかいない～【極上スパダリの執着溺愛シリーズ】』　若菜モモ・著

ウブな令嬢の蘭は祖母同士の口約束で御曹司・清志郎と許嫁関係。憧れの彼との結婚生活にドキドキしながらも、愛なき結婚に寂しさは募るばかり。そんなある日、突然クールで不愛想だったはずの彼の激愛が溢れだし…!?　「君を絶対に手放さない」――彼の優しくも熱を孕む視線に蘭は甘く蕩けていき…。

ISBN 978-4-8137-1509-2／定価726円（本体660円＋税10%）

『ドSな御曹司は今夜も新妻だけを愛したい～子づくりは溺愛のあとで～』　葉月りゅう・著

料理店で働く依都は、困っているところを大企業の社長・史悠に助けられる。仕事に厳しいことから"鬼"と呼ばれる冷酷な彼だったが、依都には甘い独占欲剥き出しで!?　容赦ない愛を刻まれ、やがてふたりは結婚。とある理由から子づくりを躊躇う依都だけど、史悠の溺愛猛攻で徐々に溶かされていき…!?

ISBN 978-4-8137-1510-8／定価726円（本体660円＋税10%）

『冷徹ホテル王の最上愛～天涯孤独だったのに一途な恋情で娶られました～』　皐月なおみ・著

母を亡くし無気力な生活を送る日奈子。幼なじみで九条グループの御曹司・宗一郎に淡い恋心を抱いていたが、母の遺書に「宗一郎を好きになってはいけない」とあり、彼への気持ちを封印しようと決意。そんな中、突然彼からプロポーズされて…!?　彼の過保護な溺愛で次第に日奈子は身も心も溶けていき…。

ISBN 978-4-8137-1511-5／定価715円（本体650円＋税10%）

『お別れした凄腕救急医に見つかって最愛ママになりました』　未華空央・著

看護師の芽衣は仕事の悩みを聞いてもらったことで、エリート救急医・元宮と急接近。独占欲を露わにした彼に惹かれ甘い夜を過ごした後、元宮が結婚し渡米する噂を聞いてしまう。身を引いて娘をひとり産み育てていた頃、彼が目の前に現れて…！　「もう、抑えきれない」ママになっても溺愛されっぱなしで…!?

ISBN 978-4-8137-1512-2／定価726円（本体660円＋税10%）

『敏腕社長は雇われ妻を愛しすぎている～契約結婚なのに心ごと奪われました～』　黒乃梓・著

大手企業で契約社員として働く傍ら、伯母の家事代行会社を手伝っている未希。ある日、家事代行の客先へ向かうと、勤め先の社長・隼人の家で…!?　副業がバレた上、契約結婚を持ちかけられる。「君の仕事は俺に甘やかされることだろ?」――仕事の延長の"妻業"のはずが、甘い溺愛に未希の心は溶かされていき…。

ISBN 978-4-8137-1513-9／定価737円（本体670円＋税10%）

ベリーズ文庫 2023年12月発売

『初めましてこんにちは、離婚してください　新装版』あさぎ千夜春・著

家のために若くして政略結婚させられた莉央。相手は、容姿端麗だけど冷徹なIT界の帝王・高嶺。互いに顔も知らないまま十年が経ち、莉央はついに"夫"に離婚を突きつける。けれど高嶺は離婚を拒否し、まさかの溺愛モード全開に豹変して…!?　大ヒット作を装い新たに刊行！　特別書き下ろし番外編付き！

ISBN 978-4-8137-1514-6／定価499円（本体454円＋税10%）

『働きすぎのお人よし聖女ですが、無口な辺境伯に嫁いだらまさかの溺愛が待っていました』坂野真夢・著

神の声を聞ける聖女・ブランシュはお人よしで苦労性。ある時、神から"結婚せよ"とのお告げがあり、訳ありの辺境伯・オレールの元へ嫁ぐことに！　彼は冷めた態度だが、ブランシュは領民の役に立とうと日々奮闘。するとオレールの不器用な愛が漏れ出してきて…。聖女が俗世で幸せになっていいんですか…!?

ISBN 978-4-8137-1515-3／定価748円（本体680円＋税10%）

ベリーズ文庫 2024年1月発売予定

Now Printing

『俺の奥さんはちょっと変わっている』 滝井(たきい)みらん・著

平凡OLの美雪は幼い頃に大企業の御曹司・蒼の婚約者となる。ひと目惚れした彼に近づけるよう花嫁修業を頑張ってきたが、蒼から提示されたのは1年間の契約結婚で…。決して愛されないはずだったのに、徐々に独占欲を垣間見せる蒼。「君は俺もの」――クールな彼の溺愛は溢れ出したら止まらない…!?

ISBN 978-4-8137-1524-5／予価660円（本体600円＋税10%）

Now Printing

『職業男子アンソロジー(航空自衛官・公安警察)』 惣領莉沙(そうりょうりさ)、高田(たかだ)ちさき・著

人気作家がお届けする、極上の職業男子たちに愛し守られる溺甘アンソロジー！　第1弾は「惣領莉沙×エリート航空自衛官からの極甘求婚」、「高田ちさき×敏腕捜査官との秘密の恋愛」の2作品を収録。個性豊かな職業男子たちが繰り広げる、溺愛たっぷりの甘々ストーリーは必見！

ISBN 978-4-8137-1525-2／予価660円（本体600円＋税10%）

Now Printing

『じゃじゃ馬は馴らさずひたすら愛でるもの』 砂川雨路(すながわあめみち)・著

華道家の娘である葵は父親の体裁のためしぶしぶお見合いにいくと、そこに現れたのは妹と結婚するはずの御曹司・成輔だった。昔から苦手意識のある彼と縁談に難色を示すが、とある理由で半年後の破談前提で交際することに。しかし「昔から君が好きだった」と独占欲を露わにした彼の溺愛猛攻が始まって…!?

ISBN 978-4-8137-1526-9／予価660円（本体600円＋税10%）

Now Printing

『完璧御曹司はかりそめの婚約者を溺愛する』 冬野(とうの)まゆ・著

社長令嬢の詩織は父の会社を救うため、御曹司の貴也と政略結婚目的でお見合いをこじつける。事情を知った貴也は偽装婚約を了承。やがて詩織は貴也に恋心を抱くが彼は子ども扱いするばかり。しかしひょんなことから同棲開始して詩織はドキドキしっぱなし！　そんなある日、寝ぼけた貴也に突然キスされて…。

ISBN 978-4-8137-1527-6／予価660円（本体600円＋税10%）

Now Printing

『チクタク時計ワニと雪解けの魔法』 ねじまきねずみ・著

OLの茉白が大手取引先との商談に行くと、現れたのはなんと御曹司である遙斗だった。初めは冷徹な態度を取られるも、懸命に仕事に励むうちに彼が甘い独占欲を露わにしてきて…!?　戸惑う茉白だったが、一度火のついた遙斗の愛は止まらない。「俺はあきらめる気はない」彼のまっすぐな想いに茉白は抗えず…！

ISBN 978-4-8137-1528-3／予価660円（本体600円＋税10%）

タイトル、価格等は変更になることがございますのでご了承ください。